中国高等院校
艺术设计专业
系列教材

包装设计 第三版

朱国勤 吴飞飞

人民美術出版社

目录 CONTENTS

01 第一章 包装设计的基本概念

15 第二章 包装设计的发展历史

31 第三章 现代包装设计的形式特点与规律

61 第四章 市场调研与设计定位

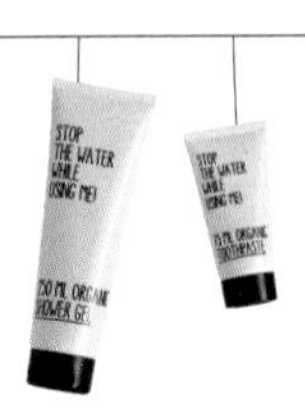

第一章

包装设计的基本概念

第1章 包装设计的基本概念

第一节 传统的包装概念

包装与产品是一对孪生子，有了产品就要有包装加以保护。中国古文字中的“包”字就是一个育子于子宫中的象形字。它反映了古人对包装的认识与理解（见图 1）。

根据中国《辞海》中的解释，以及传统上被人们所接受的辞义，“包”包含着：包藏、包裹、收纳等意义，而“装”则有装束、装扮、装载、装饰与样式、形貌等意思。

在日、英等外国语言文字中也同样有“包装”这个词。据日本《大汉和词典》的解释，包装的意义为“包，准备行李，打理行李”，有将物品包扎整理，进行搬运的意思。包装的英文名为 Package。据英国《牛津大词典》的说明，英文中的包装的意思也基本与此相同，可以作包扎、包裹、打点行李理解。

在工业革命以前，从远古时代并经过很长的一段历史时期，各国人民以不同的方式设计、制作和运用着不同的包装，对包装的形式与功能有了一定的认识。尽管这些认识还不能说十分全面和深刻，但与现代包装设计的观念有许多相近之处。我们可以将这个时期人们对包装的认识称为传统的包装概念。如果我们将这种传统包装概念梳理一下，其包含着以下一些基本的意义：

保护，即通过一定方法将物品包容、保护起来，使之在质量上免受损害。

整合，即将一些无序杂乱的物品按照一定的容量或数量单位，组合统一在一起。

运输，即通过包装，使物品便于运输、搬运。

美化，即通过包装使物品显得更加漂亮，吸引人。

事物是不断发展的。和对其他客观事物的认识一样，人们对包装的认识，也是随着人们的社会生产实践的不断加深而不断更新的。与传统的包装概念相比，在今天大生产与大市场的背景下，现代包装的概念及其内涵有了极大的改变。

图1

第二节 包装概念的扩展

日本关西的著名包装设计家金子修也在他的《包装设计》一书中提出了新的包装概念：从功能出发，将包装的概念大大地加以扩展，分为以下几个方面：（见图表一）

包装分类
- 自然的包装-物质化的包装-
  - 空间包装
  - 身体包装
  - 物品包装
- 人为的包装-非物质的包装-
  - 信息包装

图表一

这位设计家用非常宽广的视野放眼世界，认为：大千世界上有千奇百怪的造物样式，各种各样的物体是相互依存，相互作用的。它们之间的结合方式可以给我们无穷的启示。金子修也的观点给我们以很多思考的新空间。

的确，我们在大自然中可以找到很多包装样式，任何一种物体都有被“包”或“包”住他者的可能，并且“包”的形式、结构和功能方面是如此的美妙，使人们不得不惊叹大自然的伟大创造力。

天空将大地“包”着，大气形成了一道功能奇特的防护层，可以防止各种有害光线及其他物质入侵地球，可以让氧气、水分留在地球表层，构起了一层奇妙的生物圈，人类在其间自由自在地生活，地球成为天然和安全的太空仓。植物果壳为人类提供了各种各样的包装范例:橙子的表皮柔软而富有弹性，并有很好的透气性，构成了一层外保护壳，而内部的分瓤将果汁紧紧地包裹，“整合”为一体——整个包装结构紧凑、轻盈。樱桃果子以它们色彩绚丽的外观吸引着鸟类，将其带往四方，传宗接代。豌豆豆荚的结构和人们装鸡蛋的包装有着异曲同工的直接联系（见图2）。

反观人类社会，人们在改造自然的同时也创造了各种各样的“包装”形式。建筑是一种包装，建筑以其复合的材料与奇妙的结构划分出一定的空间，包容、保护着人类，不仅可遮风挡雨，而且可以保温通气。人类的服装业是一种包装。服装以永无穷尽的样式与色彩给人以美的外观，各式各样的面料可以满足透气性、保暖性、绝缘性、防水性等各种常规或非常规的需要（见图3）。

图3

图2

图1 中国古文字“包”。

图2 豌豆豆荚的造型，非常“经济”和合理的结构。

图3 人类也需要包装——时髦而实用的服装设计。这类设计运用了各种材料和结构，具有保护、美化人体的“包装”功能。

图4 建筑也是一种包装。图中的建筑是意大利的米兰大教堂。建筑在实现保护人及其活动的同时，也体现着一种精神的力量。

图5 大地和空气包容着建筑，建筑包容着人。这些多层的“包装”构成了一个复杂而奇特的系统，形成了对人这个主体的多样性保护。

大千世界给我们上了一课：无论是在功能形式、结构组合与视觉感观上，上面所举的例子都具有人类设计的“包装”的一些特性，而且有些是非常重要的特性。我们必须认真地加以研究学习。

金子修也的“大包装观”，洋洋大观，其真正意义是促进我们从更广的角度认识包装与包装设计，同时从一定意义上来讲，这反映或代表着现代包装设计大概念的发展（见图4、5）。

然而，从另一个方面看，现实的包装设计的发展对形成现代包装概念的促进作用更大。

自欧洲工业革命以来，世界经济的飞速发展，极大地改变了人们的生产与生活方式，也改变了包装与包装设计的功能、形式与结构。经济技术的发展以推动了包装成为一门重要的工业产业，包装设计也成为企业营销活动的重要一环，平面设计的一个重要领域。

人们发现：在我们的生活中无所不在的包装可以说是“包容”万象——包装的形式越来越多样化，包装的功能不断拓展，包装正以飞快的发展速度展现着自己的新面貌。比如：有的包装只是一种促销标识牌，并不“包裹”着产品，因而也不具备保护产品的功能；有的包装是无形的包装，如一些应用软件，其保护产品的“包装”可能是一些眼睛看不见的密码；有的包装重在表达感情，没有或者很少其他功能；有的包装与各种各样的促销广告结构（如POP广告）相结合，具有了新功能与结构（见图6）。

同时，包装的样式有了更多的细分，各种运输包装、销售包装有了新的划分与组合，各种复合型包装的材料、复合型的包装结构层出不穷。

今天，包装的概念无论是在内涵上还是在外延上，都有了新的内容与界定。人们必须以全新方式来更新、充实与扩展包装设计的概念（见图7）。

图4

图5

图6

图7

第三节　包装功能的重新认识

在现代社会中，人们对包装设计认识的一个重要方面，是包装的诸多功能。今天的包装设计必须具有以下一些功能，它们是我们确定包装概念内涵的重要依据。

这些功能是：保护商品的功能，运输商品的功能，储藏商品的功能，美化商品、促进销售的功能，传达有关商品信息的功能和保护环境生态的功能。

一、保护商品的功能

这是包装最基本的功能。

保护商品的包装，我们不能简单地理解这是给商品一个防止外力入侵的外壳，实际上保护商品的意义是多重的：包装不仅要防止商品物理性的损坏，也包括各种化学性及其他方式的损坏。如啤酒瓶的深色玻璃可以保护啤酒少受光线的照射，不变质。各种复合膜的包装可以在防潮、防光线辐射等几方面同时发挥作用。还有，包装不仅既要防止由外到内的损伤，也要防止由内到外的破坏。如许多化学品的包装如果达不到要求而渗漏，就会对环境产生巨大的破坏。包装对商品的保护还有一个时间与空间的问题，有的包装要提供长时间，甚至几十年不变的保护环境，而有的包装则可以运用非常简易的方式设计制作，可以容易地被分解和销毁（见图 8）。

图6 表达心意的包装——中国的月饼包装。运用卡纸和马口铁印制的包装，丨分精致，体现了产品所包含的特定心理价值，但也超出了保护和运输产品的实际需要。

图7 包袋也是包装的一种样式。它除了保护和携带产品之外，也是宣传企业品牌形象的一种媒介。有时候顾客也愿意将其携带在身边，作为时尚的一种表征。这里展示的是有关环保的包袋设计。

二、运输商品的功能

这是包装最早被人们认识和运用的功能之一。

包装按功能划分可以分为运输包装和销售包装。有的则分为大包装、中包装和小包装。其中的大包装就是运输包装。

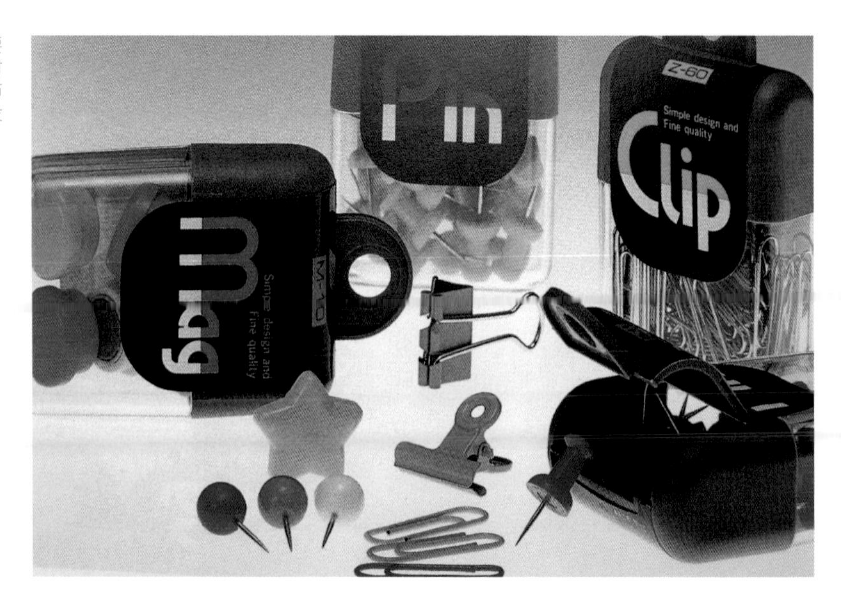

图8 悬挂式销售包装。其主要功能是展示产品，促进顾客对产品的认知。这是现代以超市为主要销售形式的特定包装设计样式。

运输包装的功能主要是在保护商品的同时，便于商品的运输。但是，尽管运输包装一般不直接在商场与消费者见面，人们也常常在运输包装上进行一定的平面设计，如印上企业的标志、产品名称、生产厂家等，这有利于在运输的过程中，进行企业形象与产品方面的宣传。

另一方面，运输包装在设计时要考虑对各种形态、性质不宜的商品的整合。在现代大流通、大市场的条件下，因为产品样式的多样，运输包装就必须在结构上进行多样化、多层次的处理，以适合不同的商品运输需求，使其在保证质量不受损坏的前提下，节约空间与成本。今天被普遍采用的集装箱就是一个整合装填的包装。这是将不同的商品用一种标准的空间尺度统一起来的整合方式。但在大多数情况下，运输包装的设计与制作要复杂得多，人们要根据具体的商品来确定特定的整合样式。整合的形式要考虑商品的形状、性质、大小及运输上的方便。如一些可乐易拉罐运用了两种方式：首先是大的塑料包装箱，将大量的可乐易拉罐装填在内，然后在其间又将六个易拉罐用软性的塑料带扣联在一起，便于消费者提取。这样，易拉罐包装就以两个层次的方式整合了起来。其次，运输包装的设计还要考虑成本与商品价值的性价比。对于十分廉价的商品来讲，其包装不可能运用非常昂贵的包装材料与复杂的样式。

三、储藏商品的功能

这是包装设计的基本功能之一。

包装保护商品的功能与储藏功能有着极为密切的联系。储藏功能主要体现在两个方面：首先是包装在结构上要有利于整合、储放。如包装箱要有一定的强度，可以使一定量的产品包装重叠放置，节约仓储空间。包装外形与色彩要使储藏时搬运、管理更加便利。其次是尽管商品的性质不同，储藏的时间、条件不同，包装要使其在储藏期间不变质不损毁（见图9）。

图9

图10

图9 复合性的多种塑料包装，是现代包装的一种基本样式。通过多层、多结构的复合材料的组合，包装对产品（主要是食品）的保护达到了相当理想的程度。

图10 大小包装的组合也是包装的一种基本样式。在产品的保护、运输、促销和展示等方面具有不同的功能。

四、美化商品、促进销售的功能

这是包装设计最为主要的功能之一。

过去，中国人把平面设计称为装潢设计，反映着他们对包装设计功能的认识——装扮、美化产品，包装使得商品更有“卖相”，从而促进销售。

在现代市场发展条件下，包装设计的这个功能没有消失，但有一定的变化。现代包装设计要求将“美化”的内涵具体化。包装的形象不仅要体现出生产企业的性质与经营特点，体现出商品的系列性——商品不再是单独的产品，而是整个企业生产营销的一个不可分割的环节，而且要体现出商品内在的品质，能够反映不同消费者的审美情趣，满足他们心理与生理方面的需求。

在包装形式上也有了许多和营销方式密切相关的样式，可以帮助商场进行各种各样的促销活动，如和 POP 广告结合的包装、买送结合的包装等等（见图 10、11）。

图11

五、传达有关商品信息的功能

现代市场销售方式的发展变化，对包装设计传达商品信息这一功能提出了许多新的要求。

由于超市等自助销售商店的出现，包装越来越成为无声的推销员。比如我国规定：对食品包装而言，商品的数量、质量、使用方法、生产与保存日期，生产企业以及它们的地址、联系电话、各种相关的产品生产标准、卫生批号等信息，必须明确而有序地表达在包装的各个立面上。通过几十年的市场竞争，包装设计在传达有关商品信息等方面，也形成了很多无形的规范。比如，人们要求通过包装设计，从视觉到触觉、最大限度地感性直观地了解产品，特别是食品等商品。现代市场还要求包装设计要充分地将有关生产企业的形象或信息体现在包装上，使之成为企业品牌宣传打造的重要窗口（见图 12、13）。

六、保护环境生态的功能

这是近年来包装设计师们谈论最多的一个方面。

随着世界经济的发展，各国工业化程度的不断提高，保护生态、保护环境的问题日益受到人们的重视。在包装设计方面，绿色包装、生态包装已成为各国包装设计师一个共同追求的目标。

图11 应用了各种材料的系列男用化妆品包装。运用各种现代材料和工艺，实现日新月异的现代市场的多种要求是现代包装设计的发展趋势。纸曾经是最主要的和最经济的包装材料，但随着各种新颖工艺和材料的出现和应用，包装设计的表现语言被大大地拓展了。

图12 酒类系列包装。玻璃和其他各类塑料，过去是，现在也是保护和运输各种液体产品的基本材料。但在包装的辅助材料和样式设计上也有不断的更新与变化。

图12

图13

图14

图15

图13 化妆品系列包装。纸质的外包装运用强烈的色彩组合成标志和品名，而具有金属感的内包装感觉华贵。整个设计运用了倾向性非常明确的视觉要素直接寓意着包装中的产品内涵。

图14 系列饮料包装。易拉罐也是今天基本的包装材料，可以包容各种液体或半液体的产品。它轻便，体量小，在保护、运输产品方面也具备一定的优势。

图15 化妆品系列包装。设计师运用了具有个性的色彩和图形，使包装对某些特定的消费者群体具有一定的文化和审美方面的亲近力。这是包装促进销售的主要手段之一。

在发挥包装保护环境生态的功能这一领域，经过多年的努力，人们已在包装生产中材料与能源的节约、包装材料的可回收率和再生率的提高、包装材料在销毁上的便易，以及尽可能保护生态平衡、防止破坏环境等几个方面取得了很大的进展（见图14、15）。

第四节 现代包装设计概念的提出

现代包装设计概念是一种动态性的概念。我们要将包装设计放在动态的、不断发展更新的市场环境中来发现和认识其内涵。

什么是设计？概而言之，设计是解决问题——解决人们在生活中所遇到的各种精神与物质方面的问题。

包装设计是视觉信息的一种传达，它要解决产品的促销、企业形象的宣传、产品品质的说明等问题，由此，我们可以将包装设计看成是一种视觉传达设计。

图16

图17

包装设计要解决产品的保护、运输、储藏等一系列问题，还要解决如何减少对环境的污染、保护生态的问题。由此，我们又可以将包装设计看成是一种工程设计。

从包装设计所要解决这么多的问题来看，它应当是一种综合着社会学、经济学、心理学以及物理、化学、机械、材料等多种学科知识、技能的复合性设计。

如果要将包装设计的概念进一步阐述的话，我们认为：现代包装设计的性质主要体现在它的各种功能上，包装的设计是多种功能的满足。从这一点出发，我们可以将现代包装设计视为是一种合乎人的审美、生活需求，合乎生产技术、环境生态需求，合乎商品的保护、运输、销售需求的综合性设计（见图16、17）。

图16 家化产品系列包装。设计者运用了新技术制造的塑料，可以很容易地进行折叠与回收。在设计上视觉效果简洁但不失品位感。

图17 酒系列包装。陶瓷曾经是最主要的液体产品包装材料。本作品的设计者注意运用了很多传统的设计要素，如图像、釉色等，突出了包装的乡土气息。

第五节 包装工程学科中的包装设计

由于包装设计具有的综合性质，在我国现有的学科分类中，包装设计课程被分在两个学科中：一种是属于工科类的包装工程，其课程体系以包装材料、包装机械、包装印刷、包装结构与包装设计等为主要内容，其中工科类的课程占主导地位，而视觉传达性质的包装设计只占整个课程体系中的一部分；另一种属于艺术设计类的视觉传达(平面)设计。其课程体系以包装的视觉传达设计方面为主，而包装的材料、结构与印刷方面的内容为辅。

这里我们先了解一下包装工程中包装设计课程的定位和主要内容。

图18

工科类的包装工程是一个"工(程)"、"艺(术)"结合，多科交叉的应用技术学科，具有综合性、边缘性的特点。它主要建立在各大院校的机电、机械、食品和印刷等系科内。

按照比较规范的定义，包装工程是人们运用包装学知识，在社会、经济、资源及时间等因素限制范围内，为满足包装的主要功能而采取的各种技术活动。这里面主要包括：(1)包装材料制备；(2)包装工艺研究；(3)包装机械设计、选型；(4)产品包装结构、造型与装潢设计；(5)包装系统设计（CPS）；(6)包装企业管理。

从包装工程的角度来看，包装设计只是整个学科中人才培养的一个方向。包装工程还包括了包装的印刷、机械、测试、管理和研发等方面的人才培养。就以包装设计人才培养而言，其课程设计上以培养具有创新能力的复合型人才为出发点，兼顾文、理、工、艺术等课程的结合。包装设计教学的内容要体现包装保护产品、方便流通、促进销售三大功能，并能以先进的技术方法、合理的工艺操作来实现包装设计的材料生产、容器制作、表面印刷、产品包装和废弃物处理等。

课程教学主要内容应包括以下几方面：(1)包装的材料设计与应用；(2)包装的造型设计；(3)包装的结构设计；(4)包装的装潢设计；(5)包装工艺及设备设计。在整个课程体系中，材料、机械、印刷等工科方面的内容占了主体(占70%以上)。

从以上的介绍中我们可以清楚地看到，工科类的包装工程中的包装设计专业，在学科的性质（工科类和艺术类）、学生的选拔、课程体系的构成和人才培养的重点等方面和艺术设计学科下的包装设计专业具有极大的不同（见图18-20）。

图18 化妆品系列包装。设计师在瓶体的表面处理、包装盒的印刷等方面运用了很多新技术。整个包装感觉素净淡雅，但也保持了一定的时尚感。

图19 电池包装。设计师设计了特定的结构，可以直接掰开纸盒拿出电池，节约了纸张。

图20 简洁地运用金属制作的酒瓶。其设计观念在于包装的反复应用。这也是包装设计达到节约环保要求的一个方面。

图19

图20

第六节 视觉传达设计专业中的包装设计

视觉传达设计隶属于艺术设计学科。它原来被称为平面设计,是以图形和文字等视觉表达要素为媒体，传递各种文化或商业信息的一种设计。它包括了广告设计、企业形象设计、书籍设计、网页设计等应用性设计，而包装设计是视觉传达设计的一个主要组成内容。

专业设计
招帖 | 包装 | CIS等

专业设计基础
插图 | 字体 | 编排等

设计基础
素描 | 色彩 | 构成等

图表二

在现代设计教学中 视觉传达设计专业的教学体系分为三个层次：设计基础、专业设计基础和专业设计。

它们之间的关系可以具体用图表的方式表示（见图表二）：

设计基础，此阶段学生要了解和掌握一般的设计艺术的技能和相关的理论知识。这是各种设计专业的学生都要学习的公共性课程。具体来讲，比如有对平面与立体形态，以及它们的组合构成关系的认识与研究，对各种材质、肌理的认识与研究、对色彩的表现及其理论的了解与认识，对一般美学、设计概论的学习了解等；此阶段学生还要通过素描、色彩画等课程，掌握一定的造型与色彩的分析、表现技能。为进一步学习以后的相关专业设计技能打下基础（见图21-24）。

图21

图22

图21 入选全国美展的包装设计。作品具有一定的民族传统要素。

图22 日本食品系列包装。作品编排简洁大气，色调强烈，也体现出民族传统的一些要素。

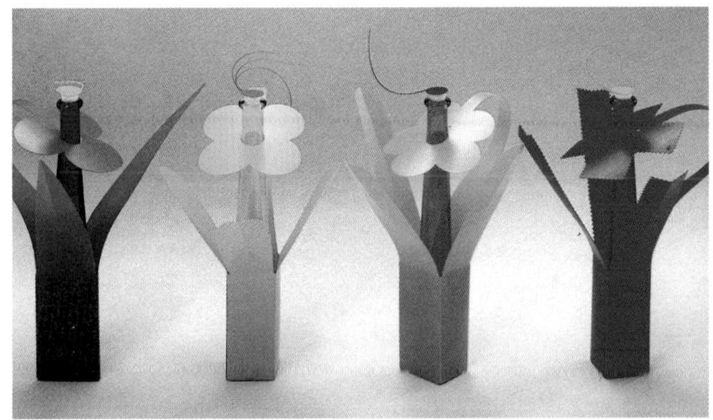

图23

图24

专业设计基础，此阶段的课程为各种特定设计专业的学生学习而设定，学生要学习和掌握有关这个专业设计所需要的各种专业基础性技能与理论知识。对专业学习而言，此阶段的课程是最为重要的。具体来讲，本阶段的学习有对各种平面设计的基本表达方式与语言的认识与研究：如图形作为视觉传达设计媒体的特点及其运用规律，各种插图表现方法与技能，字体的各种设计表现技能，编排设计的各种表现方法等，还有对各种绘制工具（包括电脑）的运用与掌握，对与专业设计相关的设计发展史与市场营销学理论的学习等。

专业设计，此阶段以专业设计课程为主。如平面设计专业学生以包装设计，广告设计为核心，学习与掌握各种专业性的设计，包括立体的售点广告（POP）、展示设计，工业设计初步等课程。也包括平面的企业形象设计、标志设计、样本设计等，还包括多媒体设计、网页设计等新的设计内容。最后阶段，要求学生结合社会和市场现实需要，进行具有定位性，综合性的设计。

包装设计无疑是最为重要的专业设计课程之一。包装设计涉及企业营销学、广告学、消费心理学、企业形象宣传等方面的问题，也涉及包装材料、工艺等方面的知识，对运用各种视觉表现语言进行设计的要求也是全面的（见图25-27）。

图23 饮料系列包装。设计者在酒瓶外加入了卡通风格的纸质外框，使产品具有了非常特殊的视觉品质，甚至可以成为种工艺品。

图24 酒瓶包装。和图23的设计者相同，本作品在材料上也采用了新的创意——皮质的外套，从而增加了产品的品质感。前面的作品更多的是表达了一种时尚感，而后者则趋向于表现古典感。

图25 音像制品系列包装。追求时尚前卫感的设计师运用了很多电脑软件方面的技法，使设计色彩强烈、形象张扬。

图26 音像制品系列包装。设计者运用了很多电脑设计的技法，画面层次细腻而丰富，整体感觉十分现代。这种设计风格与产品的消费者定位有关。

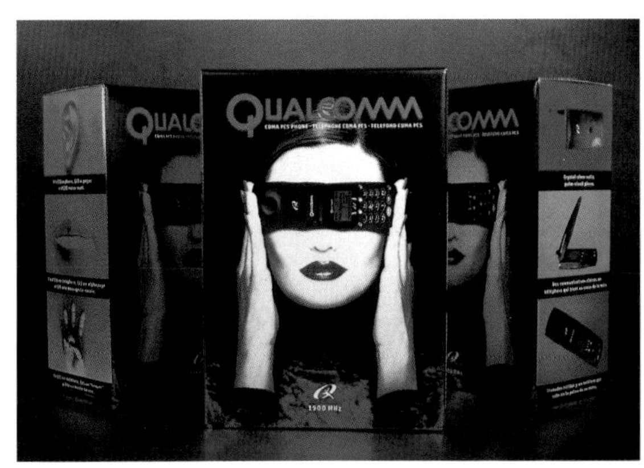

图25

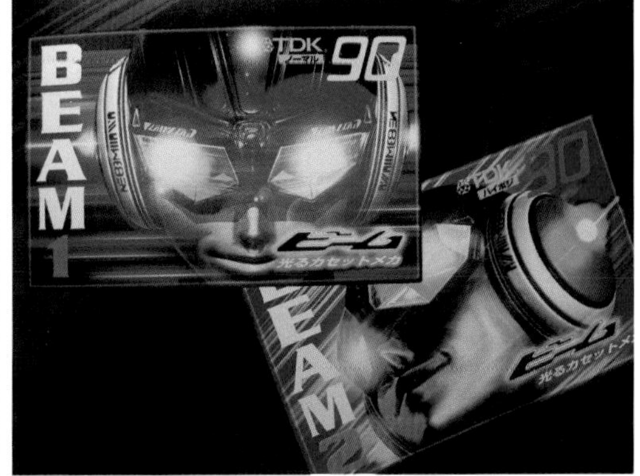

图26

图27

图28

图29

图27 食品系列包装。设计运用了简约的几何图形，文字的排列和色彩的组合具有一定的现代主义风格的痕迹。

图28 化妆品系列包装。设计者应用了很多具有中国南方民族的视觉表现要素，从而表达出产品的内涵。

图29 酒瓶系列包装。设计者运用很多的花卉图案来装饰包装，形象浪漫而典雅，突破了酒瓶设计的图形应用传统。

图30 饮料瓶系列包装。设计者突出了产品本身的色彩，精心设计了标贴上具有装饰风格的插图，从而塑造了全新的产品包装的形象。

图31 食品系列包装。设计师运用黑色的色块强调了产品标志，并将各种不同色彩的产品组合为统一的包装视觉形象。统一而有变化，这是现代包装基本的规范。

包装设计课程要求学生掌握了解以下几方面的有关包装设计的知识与技能：

1. 掌握包装设计的基本方法与基本程序；

2. 了解与运用市场营销学，消费心理学、广告学等相关的理论知识，能够正确地进行社会市场调查，确定设计定位；

3. 具有综合思考分析的能力。能够提出方案。筛选与优化方案，独立完成整个设计过程；

4. 了解与包装设计相关的印刷工艺技术，了解包装结构、纸张材料与加工工艺等方面的知识，具有运用相关知识进行简单包装结构的设计，以及制作印刷稿的能力；

5. 掌握各种设计表现技巧，包括各种字体的设计与运用、各种插图形象的绘制与运用，各种与特定产品相关的包装编排方法等。

从以上视觉传达设计专业的包装设计课程来看，其内容是以艺术与设计方面的教学为主导，而材料、工艺以及商业营销方面的教学是辅助性的。这是艺术设计的学科性质所决定的，课程的培养目标也符合着社会发展的实际需求。

本教材是以艺术设计学科视觉传达设计（平面设计）专业学生为对象编写的，内容适合于该专业包装设计的课程（见图28-31）。

图30

图31

第 二 章

包装设计的发展历史

第2章
包装设计的发展历史

第一节 从“包裹”产品到“包装”产品——工业时代的包装

人类开始从事生产劳动，出产自己的产品时就有了包装。最初的包装无非是为了保护产品，便于储藏与携带。现在我们在博物馆中看到的彩陶、青铜器，其中的许多器皿都是盛器与容器，像陶罐、陶盆、青铜斗、青铜壶等，它们具有保藏食品的作用，可以说是最早的包装样式。

图1

早期的包装尽管在材料与结构上比较简单，但也有一些很有特点的设计，体现了当时劳动人民的聪明才智。如有的青铜容器身与盖造型一样，分开来可成为两个盛器，但合起来，就是一个密封的容器了，一种设计，多种用途。又如中国的一些少数民族运用很粗的竹筒作为装载食物的容器，既可包装大米，又可以储藏、携带，还可以随时放在火上烤煮，一举几得。古代包装瓷器则运用稻草来包扎，简洁而非常有效（见图1）。

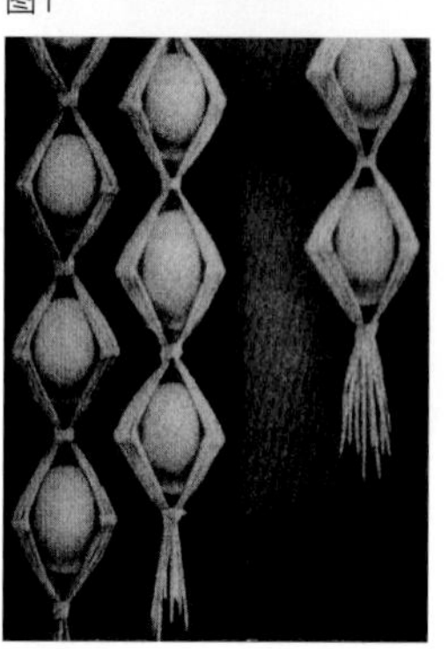
图2

图1 运用竹、草等大自然植物材料是手工业时代产品包装所使用的基本材料。

图2 运用稻草设计制作的鸡蛋包装，主要具有保护和运输产品的功能，在结构上非常巧妙。

早期包装的另一个特点是利用各种天然材料，这一方面是当时生产力的发展水平所致，就地取材，因陋就简；另一方面却在满足了生活需要的同时，有意无意地保护了大自然的生态环境。天然的包装材料不但可以迅速地化解，许多部件还可以反复地利用。在中国的南方，人们大量地运用竹、木、草等各种大自然植物作为材料来包装物品。如一些食品包装，外部用竹签构成骨架，内部用荷叶等材料包裹物品。结构轻巧、坚实、合理。运用蛤蜊壳包装的蛤蜊油在很长时间内是中国平民百姓的日常生活用品。在日本、朝鲜、越南等亚洲国家，也有大量运用自然材料设计制作的包装。许多包装设计合理，制作精良，巧夺天工（见图2）。

在当时生产分工还不是非常细化、产品交换并不发达的情况下，早期包装的功能主要表现在保护、运输与储藏几个方面。产品在非商品的时代，包装在功能上更多地接近“包裹”。

随着生产力的提高，人类进入了新的历史发展时期，手工业使劳动分工有了根本性的提高。商品交换成了产品交换的主要形式。包装在功能上有了根本性的变化。

美国作家罗伯特·奥帕在他的《包装——对一个世纪包装设计的视觉考察》一书中曾描绘了中世纪包装在人们生活中所扮演的角色的变迁：在一开

始，一杂货店里的各种货物——大米、茶叶、面粉、糖、各种水果，总是由各种各样的木制的桶、箱装着。运到店里后，又由老板或伙计按照顾客的要求，个别地加以包装。这是个需要时间与技术的工作。然而，随着市场的发展，商品开始通过商标来展示自己的视觉形象，越来越多的公司在自己的名头下生产产品，如约翰·巴贝面粉公司的产品不断地（在包装上）展示自己的名称，显示出它们的与众不同。

罗伯特·奥帕的描述形象地表现了手工业时代包装的本质性变化——商场上商品交换与竞争规律决定了包装已不仅仅是一种包着产品的“包裹”，包装传达有关产品信息、促进销售的功能必须发挥出来，包装逐步地成为一种视觉传达设计（见图4-7）。事实上，1793年欧洲国家开始在酒瓶上粘贴标签，1817年英国药业行业规定对有毒产品的包装上面要贴便于识别的印刷标识。

中国中世纪时期手工业非常发达，商业也很繁荣。包装很早就在商品交换中有着重要作用。中国现存最早的一份印刷广告是宋代（公元1260—1279年）刘家功夫针线铺广告，同时它也是一张包装纸（见图3），上书“济南刘家功夫针线铺”，左右两边分别是“认门前白”、“兔儿为记”字样。下面还有一些关于商品及销售方面的说明。在这张包装纸上我们可以看到构成现代包装设计的许多基本要素——商标、插图（兔子的形象）、广告语、产品相关知识等等。

手工业时代中外都创造了许多类似的包装设计。中国的酒包装形式非常多。大红的标贴与各色陶瓷的酒坛、酒罐相配，构成了中国关于酒包装色彩方面的特定传统。1996年在河北省出土的金代（公元1115—1234年）酒瓶，容量为25公斤，上面刻有“千酒”字样的商标是我国目前发现的最早的销售用酒包装。

在手工业后期、工业革命前期，许多包装已经达到了相当高的水平，只是在插图和编排等方面与绘画还没有真正地脱离关系。包装的各个立面，视觉力度较弱，层次感不强（见图4-6）。

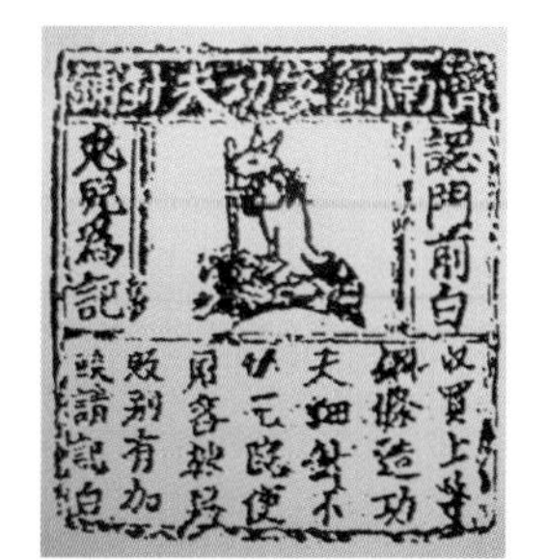
图3

图4

图5

图6

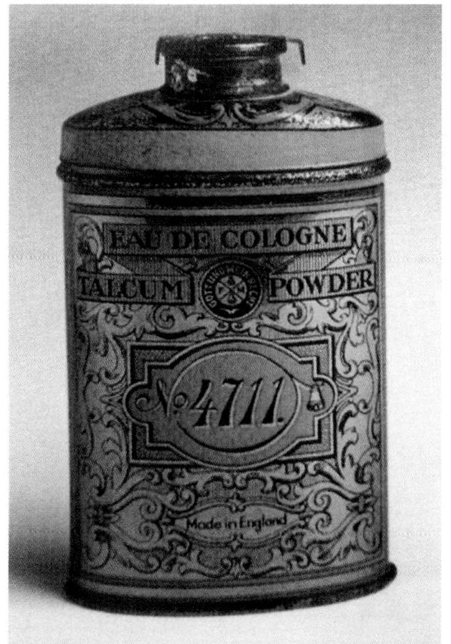

图7

图3 中国最早的刘家针线铺子包装，上面具有标志、企业名称和广告语等一些现代包装上所必须具有的各种商业信息。

图4、5、6 19世纪西方工业革命后，市场上出现的一些包装。它们在信息的编排和装饰处理上已经具有现代包装的基本要素，但也呈现出插图图形偏弱、文字信息主次不清、视觉特点缺乏等问题。

图7 早期澳门的包装设计，融合了中西文化的要素。

第二节 装饰与装潢——新艺术运动与装饰艺术时代的包装设计

在工业革命席卷整个欧洲大地后，世界上许多国家的社会生产力有了极大的提高。市场经济有了更深更广的发展。特别是19世纪末20世纪初各种印刷机械的出现与多色石版印刷技术的发明与完善，使包装设计与制作也有了长足的进步，为包装设计进入一个新的发展阶段提供了经济与技术方面的基础。

与此同时，新的艺术流派与风格在欧洲层出不穷，它们不但影响着建筑、绘画与各种工艺品设计，也推动着包装设计风格和形式的不断出新。在当时最有代表性的设计风格是新艺术运动与装饰艺术运动。这两种艺术运动有着共同的特点，就是在设计中强调装饰性、象征性。

装饰性的设计表现语言，可使包装画面显得亮丽、具有更强的视觉冲击力。各种图形与文字的平面化处理，强化了色彩的纯度与相互之间的对比，画面各要素之间的穿插组合也变得紧凑与合理（见图7）。各种装饰纹样的运用使包装增添了许多典雅、秀美的纹理效果，极大地丰富了设计的表现力。装饰性的设计表现语言，集中体现了当时人们对包装设计功能的认识——包装设计就是装潢设计，就是对包装外观的一种装饰、装扮。

象征性的设计表达方法，是新艺术运动的一个特点。无论是绘画、建筑还是纺织品设计、平面设计，受这个运动影响的艺术家喜欢运用神话中的各种人物，如爱神、战神或魔鬼等来象征与隐喻作品中的意义。这种方法可以引发观众的想象力，扩大作品的表现深度，增加包装设计的品位。

新艺术运动发展的高峰在20世纪初，设计作品的装饰性主要体现在对各种曲线性植物纹样的运用方面。设计常常运用各种平面化的图案与人物穿插，色调典雅，构图严谨。如法国著名新艺术广告设计家马卡创作的浴室肥皂包装（公元1900年）继承了他设计的一贯风格，大面积的植物纹样非常华丽，但和图案相比，商标与文字在视觉上显得很弱（见图8）。这是新艺术设计风格的一个通病。在这个时代人们设计的许多包装设计成为经典，流传至今，仍然被使用的如骆驼牌香烟、蓝箭牌口香糖与“TOBLERONE”牌巧克力就是其中几个著名的例子（见图9-12）。

装饰艺术是在20世纪20年代发展起来的设计流派，在设计表现语言上常常表现出一定的综合性、复杂性，当时的各种流派都可以在装饰艺术中找到

图8 20世纪初的新艺术运动风格的包装。运用妇女和各种装饰植物图案作为主要的视觉图形，是当时平面设计的基本样式。

图9 早期的骆驼牌香烟包装。这个包装经过几十年也没有很大的变化，带有当时新艺术运动的一些特点。它在一定程度上已经成为历史文化的表征。

图10 早期的百事可乐和可口可乐的瓶包装设计。在字体的运用上很明显具有那个时代的风格痕迹，具有一定的装饰性。

图8

图9

图10

图11

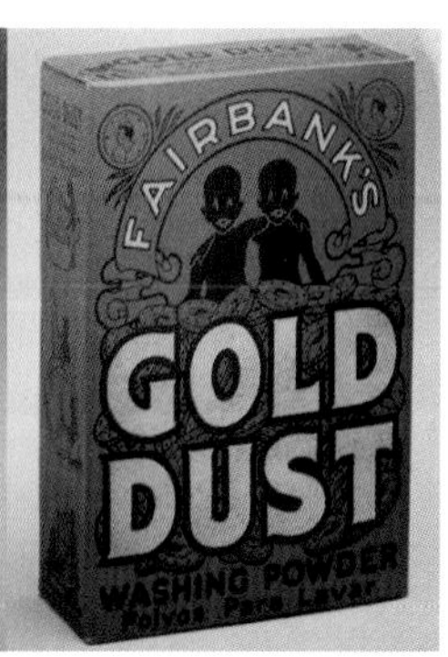

图12

自己的影子（见图13-15）。装饰艺术风格在设计上有几个特别引人注意的特点：首先是插图方法的多样。许多包装运用了当时非常流行的时装插图的技法，简洁而具有很强的装饰性，同时各种写实性的喷绘插图与摄影形象也是常见的。如1930年设计并获得多种国际奖的"GITANES"牌香烟包装就运用了喷绘技法，是这个时期平面设计的代表作（见图16）。其次是装饰图案常常运用一些抽象几何纹样，从而使画面非常简洁，与今天的一些包装设计很接近，而与新艺术风格则拉开了距离。

中国上海在1899年前后，首先引进了当时最先进的印刷机，开始印制各种包装。特别是一些烟草方面的产品。二三十年代，以上海为中心的民族工业有了长足的发展，包装设计逐步有了一些比较成熟的作品。设计作品既有中国传统民族风格的成分，也融合了一些西方的装饰风格（见图17、18），美丽牌香烟等产品的包装可以说集中地体现了当时的设计风格特征（见图19）。

图13

图14

图11 具有典型"装饰艺术"风格图形的包装。

图12 上个世纪三四十年代的包装。整个设计的编排方法已经与现代包装基本一致，标志、品名占有主要的位置。

图13 精致的曲线图案构成的装饰底纹，使包装具有很特别的审美趣味。这是比较典型的具有新艺术风格的作品。

图14 最早的英国壳牌石油公司的机油包装，在包装上标志的设计风格上和现在所运用的标志相比，具有新艺术的一些特点。

图15

图16

图17

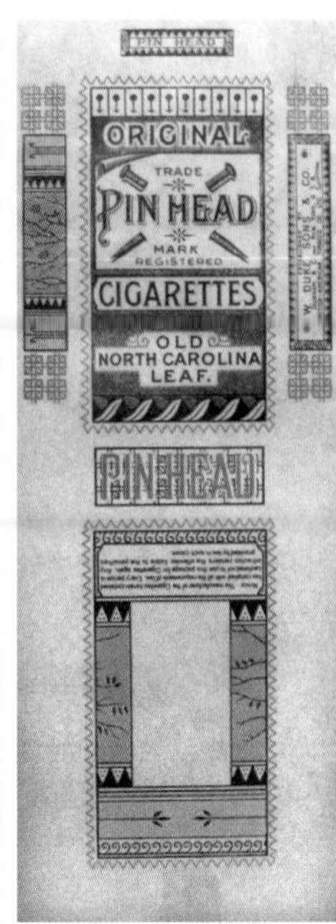

图18

图15 具有典型装饰艺术风格特征的化妆品包装。介于具象和抽象图形之间的图案细腻而现代。

图16 著名的“GITANES”香烟包装。设计者运用了当时新兴的喷绘方法表现了画面上的云雾形象，在设计发展历史上具有典型性和标志性的意义。

图17 中国烟草博物馆收藏的早期在我国销售的各种烟草包装。从设计风格上看，具有东西方视觉要素混合的特点。

图18 中国烟草博物馆收藏的烟草包装，具有典型的装饰艺术的形式特征。

图19 澳门博物馆收藏的上个世纪初期的包装设计，具有中国传统文化的很多特色。

在过去的计划经济条件下，人们对包装的市场促销功能认识不足，在很长一段时期内，中国的包装设计理念相当落后。具体表现在把包装设计看成只是一种“装潢”，在设计时大量运用各种装饰图案。外国设计专家称中国的包装“花团锦簇很漂亮，但看不出内部装的是什么东西”，设计包装成了画包装。改革开放之后，特别是进入社会主义市场经济建设时期以来，中国的包装设计才有了根本性的发展，逐步改变了过去单纯追求装饰效果的倾向，把促进营销的视觉传达功能放在了首位。

第三节 功能决定形式——现代主义的设计思想

在欧洲20年代发展起来的现代主义设计思潮，具有极大的影响力，在三四十年代以后很长一段时期中主导了世界设计的发展历史。这个设计流派强调设计的功能性，主张“功能决定形式”。他们认为设计首先是要解决功能的问题，功能是一切设计的出发点与终点。

在这种思想指导下，人们重新思考了包装作为视觉传达设计及其促进销售方面的功能。他们认为包装上的每一个视觉要素都必须具有自己的功能与作用。他们将包装上的信息简化为最基本的要素——品牌、商品名称、商品形象，同时也力图清除各种各样妨碍视觉传达或者是无用的要素，使功能与表现形式以新的方式真正地统一起来。现代主义的早期代表，德国的客观广告流派设计的包装就是这种风格的典型代表。通过对包装画面的简化处理，现代主义的设计家们创造了许多非常简洁而视觉力度很强的包装样式，如 “LUCKY STRIKE”牌香烟，极大地促进了现代包

图19

装设计理论方面的发展（见图20）。

在视觉表现语言方面，现代主义的设计家反对运用各种装饰图案，提出了"打倒装饰"的口号。他们认为装饰是一种无用的、浪费人力物力的"罪恶"。他们从当时的抽象主义绘画中找到了设计的灵感：将几何图形与摄影等作为主要的表现语言。他们研究了各种抽象的骨骼构图方法，也创造与发展了新颖的与抽象图形相和谐的系列黑体字（又称无装饰线脚字体、国际字体），以一种相当前卫、简练的风格引发了一场影响到整个欧洲大陆、最终是整个世界的设计革命（见图21、22）。

现代主义的设计风格在其较长的发展过程中，也有许多变化。一些新近的抽象绘画表现方法也被设计师"理所当然"地运用到包装上去。如60年代硬边几何抽象主义风格的光效应艺术就被广泛地运用在包装的图形、编排甚至字体设计上，成为一时的流行（见图23）。对摄影图像及其各种处理方法的应用与研究，也是现代主义包装设计家们的重要贡献。特别是五六十年代时期，许多设计家对摄影图形进行各种平面化处理，使画面具有特殊的魅力（见图24、25）。

与其他许多设计流派相比，现代主义对现代包装发展的影响最大。这不仅体现在设计的风格方面，更主要的是体现在包装及平面设计理论观念方面。现代主义促使人们去思考、分析包装在现实的市场条件下如何充分地发挥其各种功能，引导人们去学习与发展实现包装功能的市场营销学、消费心理学、价值工程学等一系列的相关理论。

但现代主义也有其许多不足之处。主要表现在设计表达语言的单一，没有充分地体现出地方性、民族性与历史性，因而对一部分的消费者缺少一定

图20 同样著名的"LUCKY STRIKE"香烟包装。红、黑两色构成的画面，非常抢眼的对比，这也是现代主义风格的设计。

图21 具有现代主义风格的包装。包装设计者运用了无装饰线脚的国际字体，画面简洁而没有任何"多余的"装饰图案。

图22 运用几何抽象图形是现代主义设计的一个特点。本包袋系列将字体放大构成了一种几何形体，在视觉风格上延续和发展了现代主义的设计手法。

图20

图21

图22

图23 运用几何抽象图形设计的系列包装。

图24 日本设计家设计的包装，运用了具有民族特点的几何图形，色调柔和、构图简洁，是具有现代主义风格和地方特色的设计。

图25 运用了报纸作为包装设计的标贴，现代感非常强。

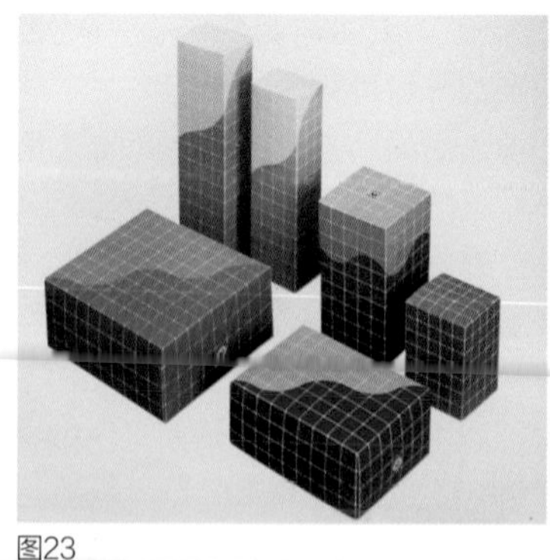

图23

图24

图25

的吸引力，并随着时间的流逝，这种风格正逐步地失去自己的影响力。

功能主义的观念在中国也有一定的影响。特别在六七十年代设计的一些包装，风格简约，这与当时的整个社会的政治文化思想的发展有直接关系。

第四节 企业形象与包装设计——CIS指导下的包装设计

从五六十年代开始，全世界许多国家的企业相继推行了一种新的企业经营策略，这就是所谓的企业形象设计与推广计划，英语为“Corporation Identity System”，简称“CIS”，意思为企业识别设计系统。而在中国，则将其称为“企业形象设计”。

企业形象设计的产生是由于大企业管理与市场竞争的需要。市场竞争的发展促使企业的兼并扩大，在各个领域逐步地形成了一些具有一定垄断性的跨行业跨国家的巨型企业，它们瓜分了市场的主要份额，形成了一家或几家企业垄断某一产品生产与销售的情况。这样，在市场上一个企业的产品常常是以家族的系列方式出现，各种相关的产品组成一个集群，呈现在商店的货架上（见图26）。

由此，包装设计发生了根本性的变化。对整个企业形象来讲，包装设计不再是传统意义上的孤立的点，而是与企业宣传与促销计划相关的一条线、一个面。现在人们设计一个包装，不仅仅要解决这个包装的自身形象、信息配置等问题，还要合理地解决它和整个系列包装（包括运输包装）的关系，以及此包装和整个企业视觉形象的关系等问题。包装设计必须在企业整个CIS计划的指导下进行。

美国设计家保罗·兰德是CIS的初创者。他在为国际商用机器公司（IBM）工作时，提出了统一标志、统一色彩与包装的主张。他在设计公司标志与相关的色彩等要素也为公司设计了系列包装。通过兰德的设计，IBM公司的形象与产品包装迅速为人们所熟悉与接受，公司业绩飞速增长，几年里从行业的排名二十几位升到第三位，如今已成为世界著名的跨国公司。

必须指出的是，在今天，系列化的规范设计与制作的包装（及其他企业对外对内的各种物品），是现代企业经营管理与参与市场竞争的必要手段。它可以让企业在展示自身形象与对外进行促销活动时，便于管理，降低成本，同时保持高质量的视觉品质。试想：像“麦当劳”、“百事可乐”这样的巨型跨国企业，如果没有规范的包装设计与制作要求，各地分公司各行其事，那么整个的企业形象就会支离破碎，包装及产品的质量也就无法保证。美国可口可乐公司曾出版了一本画册，内容是关于企业自成立以来包装及品牌的设计变化发展历史。通过此书，人们可以了解这个世界著名企业是如何从原来非规范化的、零敲碎打式的包装设计逐步转变到包装的统一设计、管理的过程，认识到这种统一设计与管理对于一个巨人企业生产经营而言所具有的必要性。

CIS计划指导下的包装设计主要特点表现在：设计者要运用各种CIS设计中规定的视觉设计要素，进行系列化的设计，并在设计中既保证视觉形象的统一性，同时又要保持一定的变化空间。具体来讲，这包括标准化的品牌标志、文字字体、色彩、图形与编排等视觉要素在包装设计上的运用（见图27、28）。这一点我们在第三章中将具体讨论。

中国从80年代起，国内的一些企业开始逐步引入与推行CIS战略。有些企业通过CIS计划的实施，对包装进行了统一的设计与推出，取得了很好的市场效果。最早获得成功的例子有太阳神口服液等系列包装。今天，越来越多的中国企业已经将CIS作为包装设计的指导。这已成为一种普遍的规范性做法。

要指出的是，在现代市场竞争中也有一些个别特异的例子。有的企业为了保持各种产品的个性。在不同类别的包装上采用了不同的设计要素，而不实施统一的CIS计划。如日本“SUNTORY（三得利）”公司的做法就是这样。实际上，这也完全是为了促进销售的需要。因为一些大企业本身是由许

图26

图26 系列日化产品包装。设计者运用了统一的字体、色彩、造型和编排要素，使生产企业的视觉要素表达得非常清晰。这是现代包装设计整体化、系列化的基本要求。

图27 系列食品调料包装。设计者运用了统一的编排、图形等诸多要素，在色彩的色相、明度和纯度上也保持了一定的统一性。

图28 系列包装设计。编排的统一性在整个设计中起着重要的作用。

图27

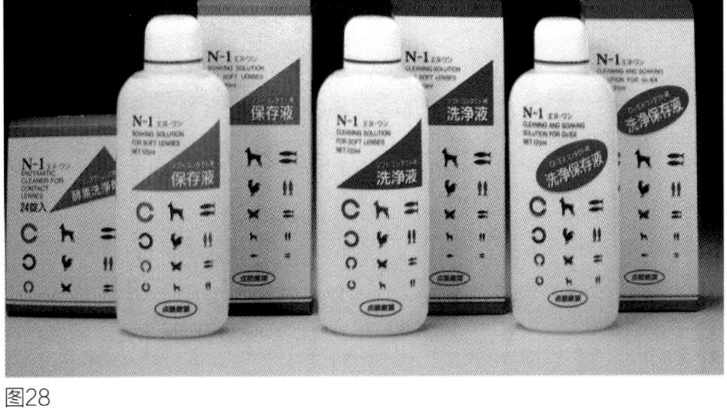

图28

多小企业兼并而成，因此它具有许多已在市场建立形象，具有一定市场占有率的产品。它们以自己已有的形象出现在市场上，可以具有更强的竞争力（见图29、30）。

第五节 信息的合理配置与视觉流程——自助式市场条件下的包装设计

20年代在美国产生并在五六十年代开始盛行于全世界的自助式销售店（即今天流行的超级市场），对包装设计的影响十分巨大。超市销售方式大量地削减了销售人员，商品放在货架上直接与消费者见面，包装成为一个推销自己的无声推销员（见图30）。正如美国设计家罗伯特·博帕写的那样：“30年代起，通过各种有利于消费者在购物的规定，自助式商店的货架有了合理的构造样式。为了让消费者接近货架并清楚地看清货品，而不是像过去那样去问售货员，对包装的设计要求集中在如何长久地引起消费者注意、辨识这一点上——品牌必须放置在最能让人辨识清楚的位置：强调观众熟悉的色彩，扩大商标的名字或标志的形象。”

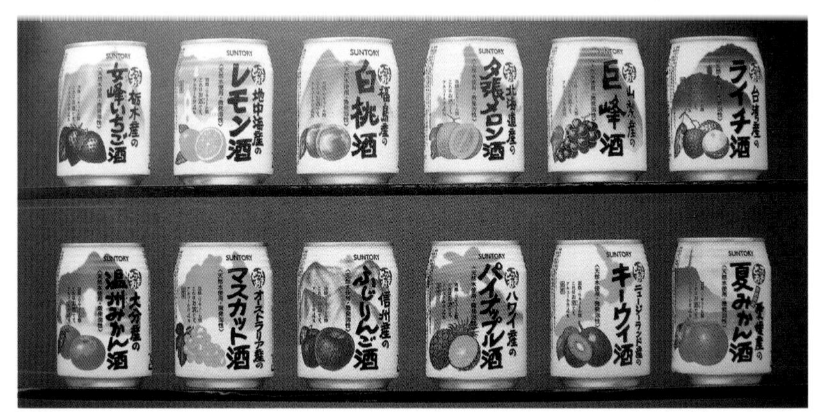

图29

图30

图29 系列饮料罐包装设计。具有特色的字体设计和插图表现方法统一着整个系列包装的视觉形象。

图30 系列酒瓶包装设计。具有特色的酒贴外形和编排、插图使整个系列包装生动而不乏统一性。

另一方面，由于超市货架的特定配置方式，同一商品聚集在一起，形成了一种特定的竞争环境。“在货架上的竞争意味着每一个品牌的产品包装必须要从其邻居中突现出来，推销自己。”1955年设计的美国“万宝路（MARLBORO）”牌香烟运用了非常鲜明的红色、白色和灰色作为基本色。简洁而具有很强的视觉冲击力，使其可以从其他香烟包装中突兀出来（见图31）。这个成功的包装被沿用至今。

市场销售现实情况的变迁，需要包装设计者在包装的图像、文字等传达信息进行合理而科学的配置处理。世界著名的饼干生产企业国家饼干公司（NBC）在包装设计上的改革就是一个很好的例子——这个公司长期以来就试图寻找一种具有竞争力的产品，1934年，他们开发了一种具有可可豆油的咸饼干，取名“RITZ”。在包装设计上，公司以强烈的色彩对比与当时看来是夸张的尺度，来强调品牌。除此之外，包装运用了一些写实的饼干形象及红底色与品牌进行对比。在包装正面很有限的空间里，主要的两个信息（品牌与产品）以最大的可能性展示了它们自身，其余的信息则被缩小或转移到了其他立面。产品与包装都获得了成功，三年以后，公司每天生产的这种饼干数达到了2900000盒。今天“RITZ”享誉全球，其包装样式基本保持了原有的格局（见图32）。

人们逐步地认识到：从现实的市场条件分析，包装上信息的配置具有一定的科学性与规律性。信息按照其重要性在形象的大小、强度上应有区别。它们应当构成一定的视觉流程，引导观众来认知、读解。比如，对于一个盒包装而言，包装的六个面在视觉传达上的作用是不同的。主立面，即面对观众的面应当承载着一些重要信息。如产品形象、产品品牌等。在其他一些立面上可以加上产品说明等次要信息。如“TIDE”洗衣液、“MAXWELL HOUSE”咖啡、“夸克”机油等包装就是典型的例子（见图33）。这一点我们将在第三章中进一步讨论。

另外，人们也认识到各种信息的表现方法也应当是不同的，如企业标志、品牌常常是最为重要的信息，需要以简洁而具有特性的方法来表现。而产品的形象越来越需要运用最具体最感性的方式呈现，以便让消费者最大程

图33

图31 著名的“万宝路”牌香烟包装。简洁大方的构图和色调，以及对几何三角图形的运用，具有典型的现代主义设计的风格。

图32 著名的“RITZ”饼干包装。放置在中央的标志字体和环绕四周的饼干是这个有着悠久历史的饼干包装几十年不变的基本样式。产品和企业信息突出明晰，是现代主义设计强调功能设计思想的高度表现。

图33 著名的“TIDE”洗衣粉包装。设计者突出了标志字体和圆形的辅助图形。整个立面色彩强烈，视觉效果令人过目难忘。

图31

图32

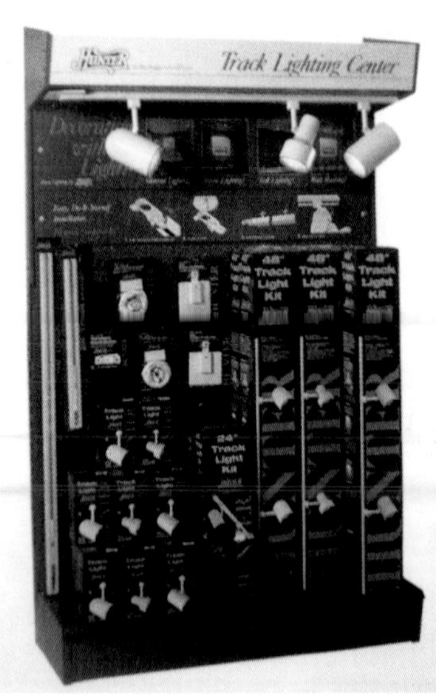

图34

图35

图36

图34 与促销架等售点广告组合在一起的包装，在形态、色彩和编排等方面保持了高度的统一，在宣传企业品牌方面具有特别的功效。

图35 运用各种生动活泼的形象进行设计的包装，在吸引消费者和传达信息方面具有一定的优势，特别是针对儿童设计的产品包装方面是这样。

图36 具有东方情调的酒包装，但在瓶的造型和色彩上也可以看到很多的西方成分。

图37 各种具有卡通造型要素组合而成的包装，使产品包装具有了一定的玩具成分。

图38 在很多包装上使用了各种卡通形象，这在吸引消费者方面是非常成功的。本包装运用了米老鼠形象，使包装的造型突破了一般的平面体块的常规。

度地了解产品（见图34-36）。

随着市场竞争的不断激烈与社会生活的发展，现代包装上的信息量有了新的增加与变化。这也给包装上的信息配置带来了新的课题。

比如，今天人们在设计包装时越来越注重将包装形象与整个广告促销活动的视觉形象联系起来。设计师们开始使用一些与产品销售广告形象有关的信息。如百事可乐运用了影星歌星等流行偶像作为广告形象，并在包装上印上了他们的身影。大量的包装则使用了各种卡通人物或动物形象（见图37、38）。

又如，在包装上有时也加上一些公益性的广告，甚至是寻人启事。美国人曾在饮料包装上印上了失踪儿童的图片，为搜寻这些儿童起到了一定的作用。80年代中，英国与美国分别开展了反对吸毒的运动，在包装上写上了“儿童对毒品说不”的口号，在当时起到了很好的宣传作用。

再如，60年代中期，随着自助式销售店在数量上的不断扩展和人们对食品等产品质量要求的日益提高，各国政府开始对包装内产品的成分进行严格的规定，并制定与发布了一系列相关的法律，要求在包装上对产品各种成分及其比例等情况进行科学而真实的说明。实际上，早在30年代，人们就开始在包装上标明维生素B1的含量。特别是70年代后期，越来越多的消费者非常

图37

图38

关注营养的合理摄入，从而防止各种肥胖症状。这就有必要在包装上标明产品所包含的热量、蛋白质、纤维素、脂肪等含量。然而，以上这类信息常常被放在包装比较次要的位置。

图39 日本的酒包装。文字的变化组合显得整个系列包装视觉形象对比强烈而又统一。

图40 入选全国美展的包装设计。设计者运用了书法字体和印花布等中国元素。

第六节 地方化与人性化——后现代的设计思潮

60年代到80年代，是西方文化艺术，包括设计发生巨大变化的时代。新的艺术思想纷纷涌现，各种新的艺术风格互相争辉。许多艺术流派尽管追求的目标、创作的宗旨并不一致，但有一点是共同的，就是对现代主义持一种批判的态度。

在各种新流派中，被人们谈论最多的是后现代主义。从理论与风格上看，后现代主义是具有相当的复杂性。在设计理念上，它具有多方面的含义。在包装设计中，后现代主义更多地表现为只是一种风格上的倾向性。它集中体现在设计的地方性与人性化这两个方面，反对设计中表达语言运用的单一和冷漠。

地方性是许多国家设计师目前非常重视的一个问题。它是保持一个民族设计文化个性，增强包装对消费者文化亲近力，提高设计水准的重要方面。正如人们常常说的那样：民族的就是世界的。日本包装设计家在这方面运用了许多东方及日本传统的图形符号，包括文字书法等表现要素，取得了很好的效果（见图39、40）。中国的包装设计在这方面也取得了一定的成绩（见图40）。特别是在酒类包装设计、食品包装设计等方面佳作不少，在国际上获得了一定的声誉。西方后现代主义的设计则从各种历史发展阶段的设计风

图40

图39

格中找到元素然后加以变化处理，形成所谓“新艺术的复兴”、“装饰艺术的复兴”等风格，人们将它们称为古典后现代主义（见图41），从一定意义上反映出相关国家的地方文化传统。

人性化是60年代就逐步引起人们重视的一种设计倾向。近年来也反映在后现代主义的设计里。60年代著名的美国西部“波什平”设计室与法国幽默派风格对现代设计发展的影响很大。今天的设计师运用了各种具有幽默、滑稽、怀旧、乡土气息等意味的表现语言，提升包装设计形象对消费者情感上的号召力。在插图风格上，人们常常运用手绘方法，使插图图形具有人情味（见图42）；有的包装设计师使用了各种方法处理图像。比如，使包装上的插图看上去具有中世纪木刻印刷的味道，或者成为乡土味十足的土布印刷图案。对消费者来讲，这种包装显得更为“友好”与“亲切”（见图43）。后现代主义设计家们将插图风格的贡献提高到一个新的层面，他们不但将传统题材的图形以新的“解构”方法加以重新创作，同时还运用各种自然的肌理，设计出面目焕然一新的“具象+抽象”的图形纹样，使人们更进一步地接近自然（见图44）。

图41 系列酒瓶包装。美女形象与字体组合，整个色调非常温和，加上设计者的特别创意，使包装充满浪漫的气息。

图42 日本日化产品包装。运用传统的木刻方法绘制的插图、字体，使包装具有很温馨的乡村气息。

图43 运用东方文字在表现上的各种特色也是使包装设计保持特色的一种方法。本包装产品品名使用的是中国传统的篆刻印章造型。

图44 同样的系列包装，刻意的低调而简朴的设计处理，给予包装一种特定的视觉高品位。

图41

图42

图43

图44

第七节 与环境友好的包装——今天设计师面临的重要课题

与生态环境的关系，是自工业革命以来人们面临的最大挑战。工业革命改变了世界，提高了人们的生活水准，但它也带来了生态环境的破坏。自80年代以来，越来越多的设计家开始意识到了包装设计对保护环境所具有的重大意义。

人们最初的做法是在包装上加入各种环境保护的标识与口号，对环保进行各种宣传。60年代中，一些包装上开始出现了“请在抛弃这个包装时注意环境的整洁”等字样，提醒人们对环境的保护意识。以后这种口号转变为一些标志性的图形。

随着经济技术的进一步发展，从理论到实践，人们开始对如何设计对环境进行保护的包装样式进行了大量有成效的探讨研究。具体来讲，环保包装主要体现在以下几个方面：

1. 包装生产中材料与能源的节约。包装设计要尽可能地降低材料的耗费，不能搞过度包装。在包装材料的生产、加工以及包装的印刷上，注意各种能源的节约（见图45）。

2. 包装材料的可回收率和再生率的提高。设计制作各种可以循环使用的包装，如瓶、罐等，提倡对材料的多次利用，如再生纸、再生塑料等（见图46）。

图45 为了减少用纸而设计的产品组合包装。设计者在结构造型等方面做了很大的改进。

图46 运用再生纸浆制作的包装。

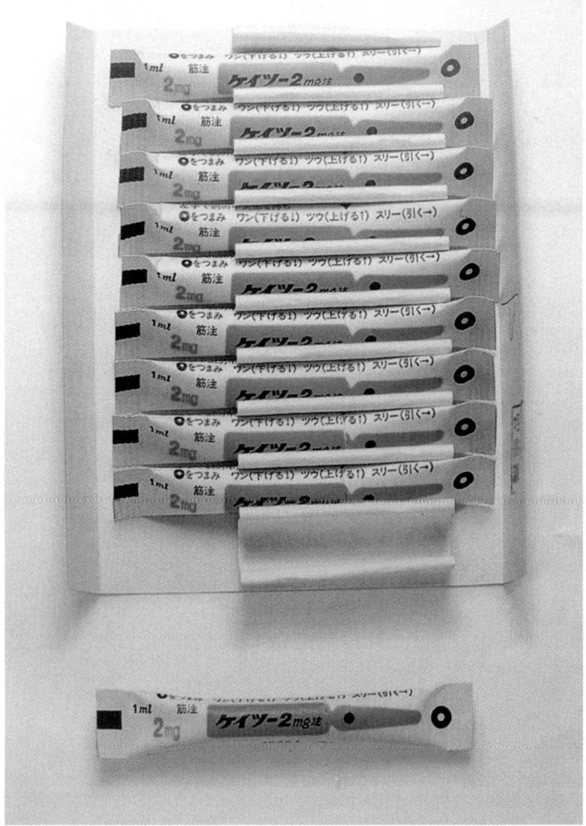

图45

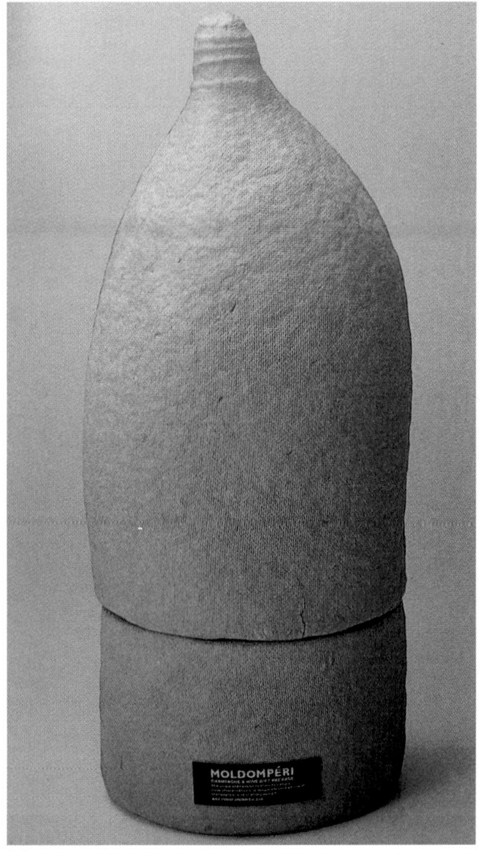

图46

3. 包装材料在销毁上的便易，以及不破坏环境。使用各种便于压缩、清洗与分解的包装材料（见图47）。

近几年来，与世界其他国家一样，中国在环保包装的研究与开发上取得了一定的成绩。国家也推出多项法律，对各种对环境有破坏作用的包装材料的生产与使用进行限制。在历年的亚洲包装设计交流展上，中国、日本与韩国等国家的设计师们，也展示了他们在环保包装设计方面取得的成果。

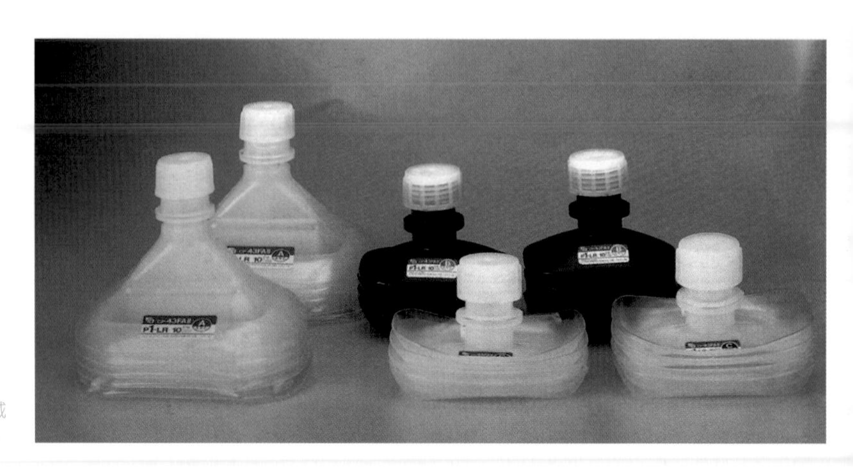

图47 可以在使用之后压缩，减少体积，便于处理的系列包装。

第三章

现代包装设计的形式特点与规律

第3章
现代包装设计的形式特点与规律

第一节 包装设计视觉表达语言的特征

作为一种视觉传达设计，包装设计首先要考虑的是信息的有效传达。在现代市场条件下的人们所设计和运用的各种包装，其角色和任务是无声的推销员，担任着向观众（也就是消费者）宣传企业产品的任务。所谓的有效传达是指传递信息要具有正确性、快速性和艺术性。具体地讲，就是好的包装设计，要让观众能够准确无误、快速有效地被吸引或感动，从而认知包装上所表达的东西。

视觉传达设计是以包装的造型以及包装上的图形、文字、色彩等视觉要素为媒介，来传递有关企业产品信息的。其表达过程如以下的图表所表示的那样：

包装的设计表达语言与其他平面设计相比，具有一定的差异性。尽管包装也是一种视觉传达设计，但由于传达的方式、内容和媒体的不同，现代包装设计表现出许多自己特有的形式特点与规律。概括起来，它们主要体现在以下几个方面：直接性、寓意性、竞争性。

图 1 平面设计是用视觉形象来说话，并传达信息的。这是美国征兵宣传画“美国陆军需要你”。作品运用具有视觉冲击力的山姆大叔的形象，直接与观众对话。

一、直接性

指包装设计在具体的市场环境下，以对观众进行直接的视觉求诉的方式进行信息传达。

广告或其他视觉传达形式更多地运用戏剧性、文学性的方法，来更深更广地传达内容、拓展作品的社会的或政治的内涵。如招贴广告常常运用对话式的方法，使画面中的人物与观众进行交流，如著名的美国征兵广告“美国陆军需要你”就是一例（见图1）。又如，许多招贴广告运用典型化的方法或表现主义的风格来创造人物与场景，达到感染与鼓舞观众的目的（见图2）。还有的广告运用了各种文学、戏剧中的人物，以及讽刺、幽默等文学中常见的，来引发人们对内容的更深入地了解，像德国、法国等许多著名大师的作品，就是非常好的例子。现在的一些多媒体广告则在内容上更加丰富，有着更多的文学性的“故事”。

包装作为一种商品的外在附加物，其传达内容主要是让消费者正确而高效快速地了解产品的内容。在市场商品高度集中的条件下，由于时间与空间上的原因，包装设计不可能也不必要传达更多的东西。包装设计更多的是通过自身的色彩、造型等直接性的视觉语言，以及货架陈列的方式直接地吸引与打动消费者（见图3）。这种直接性规定了包装设计具有一定的非文学性，这种设计的求诉点与求诉方式与众不同，在表达上是通过视觉设计要素这一直接性的表达语言来实现的。这点我们可以在以下几节中进一步展开（见图4）。

图2

图3

二、寓意性

指包装设计主要通过包装（包括容器）视觉上的一些要素，给消费者联想，引导他们对包装内产品性质的理解，激发消费者对产品价值（包括附加价值）的认识以及特定的文化上的亲近感，最终对产品形成购买的愿望（也包括对企业形象的认识与认同）。

包装设计的寓意性产生于多方面的原因，有的是产品本身的性质给消费者带来的心理或生理感受，也有的是设计要素（造型或色彩）给予人们的联想，有的是地区性历史民俗留下来的传统，等等。

现代的一些哲学家与心理学家认为，人对外部客观事物的认识与理解，总是与自身通过实践形成起来的主观心理互动地进行。包装上视觉要素具有

图4

图2 增钙产品的宣传广告。画面上具有说服力的形象，直观地阐述了产品的功能。

图3 酒瓶包装。上面绘制了各种荷花，生动地表现了产品的内涵。视觉形象是包装设计的基础和生命。

图4 在美国超市货架上陈列的各种系列包装。统一而具有整体视觉冲击力的设计，给消费者直接而明了的视觉述求。

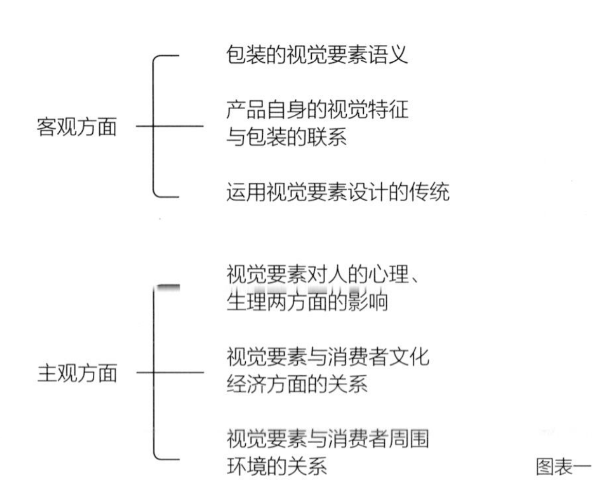

图表一

的寓意性，是主观与客观两方面要素的共同的结果。

我们可以把这种关系概括为以下几个方面，并用图表表现出来（见图表一）：

图表中包装视觉设计要素的语义，是指包装的色彩、造型（也包括各个立面上的图形）、文字、肌理等视觉要素，给消费者的一种寓意与联想。如容器的造型，人们可以通过瓶子的大小、形态与质感，直接地了解容器内物品的性质——是高档的香水还是一般的清洗剂（见图5、6）。又如不同的图形纹样，可以让人们认识到产品产生与不同的国家民族。视觉设计要素是一种直接性的表达语言。

图表中产品自身的视觉特征与包装的联系，是指产品本身的色彩、肌理会对包装设计所选择的视觉要素产生着影响，反过来，包装上的色彩、肌理

图5 日本三得利酒瓶包装。金色的文字和玻璃质感构成了强烈的对比，相互辉映，直观地表达了产品的高贵气质。虽然没有任何具象的图形呈示，但产品的色彩和质感等抽象视觉要素，成为设计师的表达语言。

图6 酒瓶包装。作者没有特地强化标贴的设计，相反地运用酒瓶本身的色彩，设计了很有创意的字体标贴，在同类包装中脱颖而出，赢得了竞争的优势。

图5

图6

图7

图8

图9

也会激发人们对产品品质的联想。如面食品，面包薯条本身的色彩是一种被烘烤的暖色调，所以这类包装的基本色调也常常以红色、黄色等咖啡色为主。而矿泉水的包装往往以蓝色、紫色为色调，反映出水质的清爽纯净（见图7-9）。

图表中运用视觉要素设计的传统，是指由于历史及地域文化的传承，形成了对色彩等视觉要素语义的特殊的认定方式。如对一定的色彩，不同的民族有着不同的寓意认定，中国人认为是吉祥的色彩，在一些外国可能被认定是不吉祥的。中国在中世纪时龙寓意着皇权，而在今天龙成了代表民族的一种象征。这种视觉语言应用方面的传统，是包装设计者必须了解掌握的。

图表中视觉要素对人的心理、生理方面的影响，是指视觉要素，如色彩的性质，对人的心理与生理会有着直接的影响力。如红色可以使人激动，蓝色使人安静等。这种反应成了一种约定俗成，也就有了一定寓意性。如暖色使人想到太阳、火，或者进取向上的东西，而冷色，则能够让人联想到水、空气，想到理性与冷静等个性品质。色彩可以反映不同的个性、情绪、气质（见图10）。当然不同的人由于自身心理或生理机制上的不同，对要素的反应也会有不同之处。

图表中视觉要素与消费者的经济文化方面的联系，是指不同的消费者具有着不同的经济能力与文化教育水平，他们对美的鉴赏水平与对生活质量的要求是不同的，反映到对色彩等视觉要素的接受方面，就会有很大的差别。一些消费者需要具有象征着自身经济、社会地位的产品及包装，因此包装设计就要非常小心地选择相应的色彩、图形与

图10

图7 系列酒瓶包装。特定气质的色彩与造型，人们可以直接地、直观地解读到产品的品位。

图8 典雅的化妆品包装系列。作者通过色彩、图形和文字等视觉要素，表现了产品时尚而温婉的女性特质。

图9 洗涤剂包装系列。包装的流线型造型和明快的色调可以让消费者很直接地把握住有关产品的基本信息。

图10 化妆品系列包装。具有男性气质的色调以及简明的文字编排，在视觉上与图8的包装系列具有根本性的差别。

肌理等要素（见图 11、12）。符号化的设计语言常常是社会多样化的表征，是不同消费者的内在要求。

图表中视觉要素与消费者生活环境方面的联系，是指包装总是处在消费者生活的特定环境中，因此在设计包装时，必须考虑与包装相关连的各种生活物品的色彩、肌理等要素。使包装形象在视觉上与消费者的生活环境保持一致。这里也有一个运用好设计要素的寓意，从而保持个性化的设计风格的问题（见图13）。

图11

图12

图13

图11 运用日本传统面具设计的包装，具有很强的寓意性，拓展了包装和产品的表达内涵。

图12 系列糕点包装。通过各种色彩的糕点的展示，可以使消费者直接地感受产品的形象，色调的不同处理，也提高了包装的审美品位。

图13 夸张的嘴唇形象，让包装在市场上的视觉竞争力大大加强。设计者就是要通过这样的处理，将包装的视觉优势充分地发挥出来。但这种色彩、图形的运用在一些国家内不一定被各种消费者所接受。民族地域的文化差异也是设计者必须了解和把握的一个关键性问题。

三、竞争性

指包装设计必须从市场的具体环境出发，始终将设计的定位放在与对手竞争的基础上。包装设计者必须研究对手的特点，使自己在色彩、造型等各种视觉要素上超过对手，在市场这个战场上压倒对手（见图14-18）。

包装设计的竞争性主要体现在直接的视觉表现语言上。如视觉要素的强度与辨识度，视觉形象的记忆度等一些方面。这种设计上的竞争性一方面体现在与对手的各项视觉要素的比较上，另一方面要根据具体情况具体处理，设定适当的竞争手段（见图19-21）。

视觉要素的强度是指包装上的色彩、造型等要素在一定的竞争环境中具有的竞争力。如在色彩的纯度、明度、对比度等方面如何突出包装自身，强于对手。但也要强调的是，有时色彩强度低的设计也可以产生奇特的效果。视觉要素的辨识度是指包装上的各种要素（信息）在一定空间距离上的识别程度。如有的要素需要让消费者在一定距离清晰地辨识，有的则可以让消费

图14

图15

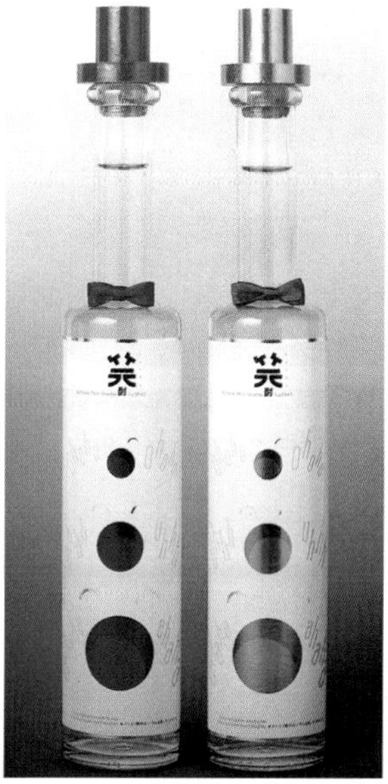

图16

图17

图18

图14、15、16、17、18 本组展示的图片都是瓶包装。
在这些不同的包装样式中，我们可以看到具有东方造型要素的调料瓶，也有带着西方古典艺术视觉特征的“洋酒”瓶，还有包含现代风格设计要素的酒瓶包装。这些酒瓶的设计，运用了不同的材料和造型，也借用了不同历史时期和不同地域文化的视觉表达要素，它们在不同的市场背景之下展示出自己特有的风采与魅力。
作为设计师，要认真地研究各种图形与色彩的设计寓意，量体裁衣，使自己的设计真正地合乎特定市场和消费者的需求。

图19

图20

图21

图22

图23

图19 运用抽象图形和鲜丽的色彩，是以青少年为消费对象的包装设计的基本定位，在视觉上要有一定的时尚感。

图20 和图19相比较，本图的包装简约而单纯，在风格时尚的同时，也具有一定的男性感。设计者对包装上使用的这些视觉要素以及它们的表现力要非常地敏感，只有这样才能真正地在设计上做到有的放矢。

图21 各种不同风格的包装设计方案。从理论上讲，设计的方案越是多，与消费者的要求接近的可能性也就越大。

图 22 在色彩上采用了单纯化的处理，纯红和纯黑白色的色调及各种几何图纹，使作品在传统的酒瓶包装色调中脱颖而出。

图23 通过瓶体中各种产品的漂亮色彩，加上图形变化多样的瓶贴设计，使整个系列包装组成一道靓丽的风景线。

者拿在手里近看。这一点我们在下一节将重点讨论。

视觉形象的记忆度，是指包装上各种造型要素能使消费者清楚记忆的程度。这涉及到包装上各种图形的独特性、清晰性，也涉及各种要素的寓意性、联想性（见图22、23）。

第二节 包装设计的视觉表现形式规律

包装设计的视觉表现规律主要表现在以下三个方面：视觉要素的运用以及编排组合、在企业形象设计指导下的统一性设计及根据包装内容和市场需要设定的各类信息的有序组合。

视觉表达要素及其性质

包装设计具有几大视觉表达要素：图形、色彩、肌理、文字、造型。

1. 图形

图形在包装上是信息的主要承载者。

图形有抽象图形与具象图形之分。具象图形是具体表现大千世界各种物体的图形。在人类的历史发展长河中，人们运用各种具象图形来象征性地表达他们对世界的看法，宣诉自身的情感。抽象图形就是非具象的图形，常常是由具象图形发展概括而来。

传统的包装非常注重具象图形的应用（见图24）。现代主义的包装强调运用几何抽象图形（见图25）。今天在后现代主义的思潮影响下，在包装上人们使用各种图形，包括传统的图形（见图26）。

现代包装的图形是用插图、摄影等方法制作、表现的。插图在不同的历史发展时期风格各异。写实的、漫画的、装饰的方法在过去都有其发展的高峰时期。插图方法使包装设计与历史上各种艺术及设计流派保持了一定的联系，同样，插图方法也是区别各类包装设计风格的主要依据（见图27-29）。

与画家总是强调个人风格的一致性不同，包装设计师要根据需要，善于运用各种图形方法来设计与绘制包装。今天许多平面设计比较发达的国家内有着专业的具有个人风格的插图设计师，包装设计师可以根据产品的特性选择不同的插图师来创作不同风格的插图，将其运用在包装上。可以说,插图和摄影图像是现代包装视觉形象的主要风格表现者。

好的包装设计，其插图图形的运用与所要表达的内容高度地统一。插图

图24

图25

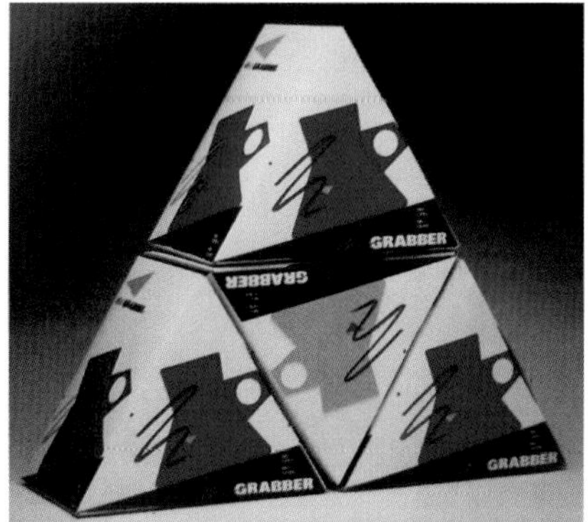

图26

图24 系列饮料包装。设计师在白色底上绘制了各种色彩响亮的鲜红色水果，有着非常抢眼的视觉效果。从包装设计的角度讲，具象的图形往往具有最为直接明了的视觉传达功能。

图25 可乐饮料的系列包装设计。运用统一而简约的图形，可以造成强烈而清晰的视觉效果，可以帮助消费者将产品包装上的信息有效地认知、辨别与记忆。简单信息+形象要素的同一反复，是现代视觉传达设计强化效能的一个基本方法。

图26 包装设计运用了很特别的结构造型和具有动感的图形和色彩，形成了作品所具有的视觉魅力。包装结构造型在本设计中起到了很关键的作用。

图27

图28

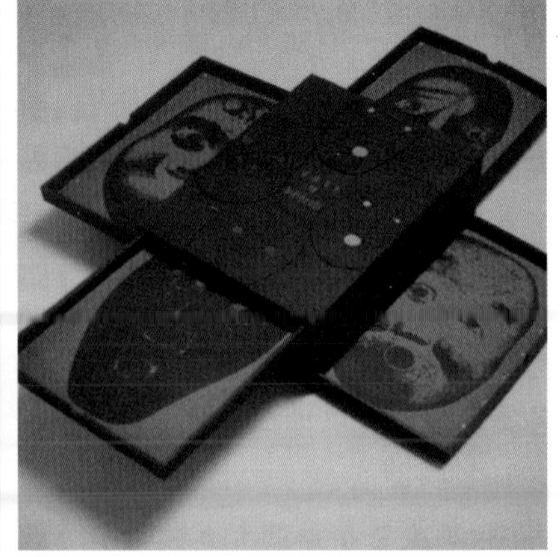

图29

图27 饮料包装。暖黄的色调和具象的图形，构成了包装主要的视觉基调，使设计具有了一种传统而温馨的意味，也使包装对一些特定的消费者具有了更多的亲和力。

图28 现代风格的男用化妆品包装设计。使用的都是几何抽象图形，视觉效果锐利而前卫，在设计的时尚感和现代感方面也有特定的喜好族群，设计师要发现和把握好这一点。

图29 日本包装设计。设计师运用了中世纪的人偶图形，经过色彩和构图等多方面的处理，作品显示出一种特定的视觉吸引力。对传统文化要素进行新方法的解读和解构，进行重新的演绎和创新，是每一个设计者都要面临的课题。

图30、31 两种设计一反传统的酒包装的稳重色调，运用了一些具有民族风情的靓丽色彩作为瓶贴的色调，使自己的设计在色彩上和其他包装有一个明显的对比。

图形可以激发消费者的想象，焕发他们内在的对美好事物的憧憬，表达他们对“时尚”的发现与认同（见图30）。

在运用图形时，要注意图形与文字、图形与图形之间视觉要素的对比与统一（见图31）。传统的插图风格总是和传统的文字包括编排样式相统一的，同样，现代风格的文字也需要运用现代的插图风格相配。

最后要指出的是，图形具有一定的寓意象征性。具象图形一般都具有明确的语意，设计师要正确地加以把握与运用，不要使图形的内涵与所要表达的内容相左，或者给人以不着边际的感觉。另一方面，抽象图形也可以使消费者产生一定的联想（见图22）。

2. 色彩与肌理

从包装设计的角度上讲，色彩是最直接、最有力的设计表达要素。色彩具有着吸引消费者并让他们清晰认知、记忆的直接效果。今天，如果讲到摄影胶卷的包装，留给人们的印象就是柯达——红、黄色，富士——红、绿色，而说到黑色与白色饮料的包装色彩，大多数人的脑海中会立即浮现出“可口可乐”的红色和“雪碧”的蓝绿色。

图30

图31

与其他视觉艺术或平面设计不同的是，包装色彩的设计与运用在一定程度上讲是非常专业的——在许多产品包装领域，一直运用着一些特定的色彩与色调配置规律，离开了这些规律，人们就会感到这个包装色彩不对了。如礼物性的产品包装，中国人通常喜爱运用金色或红色，因为他们认为这种色彩意味着喜庆。如果运用了其他色彩，常常是得不到消费者的认同（见图32）。

有的时候，这种色彩配置规律在感觉上是非常微妙的。如烟草产品（香烟、雪茄烟、烟丝），许多设计过这类产品包装的人会感到要表达出所谓那种特有的“香烟味道”是很难的。常常是在这个领域工作过一段时间的设计师才能掌握其中的窍门。

要指出的是，这种色彩的规定性是一种动态性的规律。一方面它们来自于社会生活的习俗传统，另一方面，它们也随着社会生活的发展而不断变化。这是个源与流互相影响、互动发展的过程。作为设计师就要求不断去认识研究这种动态发展的色彩配置规律，并在运用它们的同时加以发展。

在历史上，各个国家在色彩的运用方面积累了大量的经验。人们对色彩的认识，不仅在于它们的寓意性方面（我们在前一节中已讨论过这一点），对色彩的种类及其组合也积累了大量的经验。日本学者曾对中国的民族色彩进行了研究，运用色谱分列出500多种色彩，而实际上，中国历史上在视觉艺术领域运用的色彩应远不止这些。中国民间艺人在色彩的配置上也有许多创造。如传统云锦编织的色彩编配，就流传着许多口诀，帮助编织女工选择色线。今天的设计师应当学习研究这些宝贵的艺术遗产，从而丰富和发展现代包装设计的色彩表达语汇。近年来，各国的许多设计师在这方面进行了大量的尝试，获得了一定的成果（见图33-35）。

在色彩的表现上，色调是最重要的因素。因为色彩在色调中存在。色调可以是对比的，也可以是调和的。色调可以呈示出不同的气质、格调，表达不同的性别、年龄人群的情感、性格。如智利的辣椒酱小瓶包装，运用了产品本身的红色与瓶贴上的绿色形成了补色对比。红绿相对，包装在表现了辣

图32

图33

图 32 在色彩上采用了单纯化的处理，纯红和纯黑白色的色调及各种几何图纹，使作品在传统的酒瓶包装色调中脱颖而出。

图33 食品系列包装。设计师运用了大面积的绿色作为主要基本色来统一画面，给消费者深刻的印象，突出了包装的整体形象。深绿色也和各种食品的色调构成了对比。

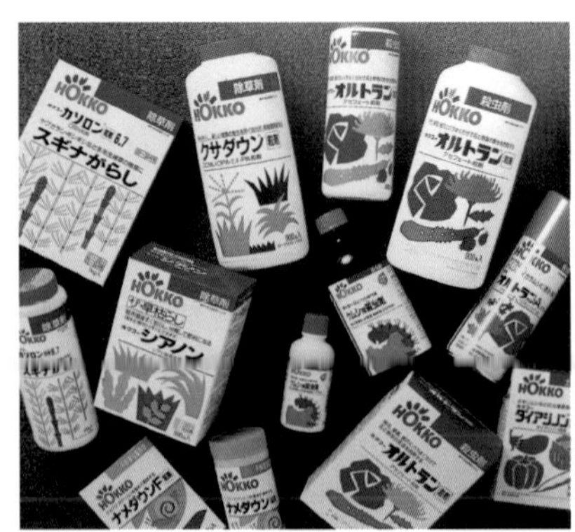

图34

图35

图34 园艺产品系列包装。设计师运用了紫色和白色作为主要色调，统一了整个包装系列。加上各种五彩缤纷的植物图案，整个系列在色彩上统一而又非常生动、活泼。

图35 饮料系列瓶包装。非常"低调"的设计处理。黄色和白色的组合，使包装呈现出一种特别的品位，在同类产品中脱颖而出。这也是一种色彩上的设计策略。

图36 著名的美洲辣椒酱瓶包装。作者运用红色作为主色调，表现出辣的感觉，同时又很巧妙地在瓶贴上运用了一点绿色，红绿相对，红色更具力度。

图37 食品组合包装。设计师采用了具有丰富色彩和肌理效果的多种纸张，表达出一种礼品性质的包装感觉——热闹、温馨、喜庆，从中我们可以感受到一个包装设计能够给予生活的多重意义。

味感的同时，展示出一种特定的拉丁民族的热情风味（见图36）。而另一种礼物盒包装，运用了传统的红色、粉红色软性色调，突现一种高雅格调（见图37）。

现代包装的色彩设计可以根据促销的需要，组成不同色彩序列并进行展开：一方面是同化，即将系列化的包装运用 CIS 计划规定的基本色彩统一起来（见图 38-41）；另一方面是异化，就是在系列产品中注意在保持视觉同一性的同时，运用一定的有变化的色彩系列将不同的产品区分开来。

肌理对于包装设计而言具有特别重要的意义，因为在各种视觉传达设计中，只有包装才是将它视为最为重要的表达要素之一。

在设计中我们可以将肌理视为是一种色彩，或者是一种图形，或者反过来，将色彩与图形看成是一种肌理。因为作为一种视觉要素，它们都是互相依存的，在设计中它们的关系也是互相转换的。一个具象的图形和其他色块组合在一起的时候，在一定的空间条件下，我们也可以将前者视为肌理。对包装设计而言，这一点相当重要。

肌理可以由天然的肌理与人工肌理组成。就包装设计而言，天然肌理是指那些大自然创造的各种材质的纹理，如石纹、木纹、动物皮毛纹理、植物

图36

图37

图38

图39

图40

图41

图38 一种时尚玩具的系列包装。设计师运用了很鲜明的色彩绘制了很多的抽象图形，给予消费者一种和时尚、休闲相联系的特别感觉。

图39 干果类的系列产品包装。设计师运用插图的方法，将产品绘制得很大，很具体，也很吸引人的眼球。同时还运用中性的灰色来统一整个产品系列，兼顾了产品与品牌信息传达上的统一性。

图40 印度洗浴用品包装。包装设计师在色彩和图形上将印度传统艺术要素发挥得淋漓尽致，非常有特色。

图41 一组系列的洗涤用品包装。作者在统一运用图形和编排样式的基础上，对各类产品的包装色彩进行了分别处理，肥皂包装采用浅酱黄色，而沐浴液、洗发液则使用了淡黄色和粉红色，让产品的性质通过不同的色彩呈现出来。

表面纹理等等，人工肌理则是那些由人创造的物品具有的表面肌理，如各种纸张、塑料、金属以至印刷产生的纹理效果。肌理不仅仅是抽象的，就像我们前面已说到的，具象的图形也可以构成一种肌理。不同肌理可以形成对比，构成画面的特殊品质（见图 42）。

和色彩一样，肌理对人的心理、生理具有着直接的影响力。在包装设计领域，有时肌理可以比具象的图形包含更多的意义（见图43）。如不同质地的大理石可以给人以高贵，秀丽或温和等不同感受。在包装设计中运用与复制这些肌理可以很恰如其分地表达产品的品质。由于现代造纸技术与印刷技术的发展，人们也在运用不同的纸张表现与创造各种新的肌理效果。

3. 文字与字体

文字作为视觉要素，在包装设计上地位极其重要。它们不但是承载、传达各种文字信息的主要角色，而且自身的视觉形象也是一种重要的装饰与传达媒体。

人类在历史发展中创造了许多种字体。这些字体本身具有一定的文化寓意，代表着不同时期的历史文化与设计流派。如中国的老宋体，古朴典雅，寓意着中国文化的博大深沉，而欧美的无线脚体，则是现代主义的设计思潮的代表，具有简洁、前卫的风格。在形象上，各种字体给人以鲜明的视觉感受，或刚健，或柔美，或古典，或新潮。

包装上的文字设计分为以下几种：

第一种是标志或品牌，是立面上最重要的要素，一般是经过专门设计的专用字体。

第二种是各种广告性的促销文字，如“新品”、“买一送一”、“鲜香松脆”等。一般也经过设计，形象要求比较活泼、醒目。

第三种是各种说明性文字，如产品使用方法、成分及其比例、生产保存日期等。这类文字一般运用印刷字体。设计者主要是运用各种方法将它们有序地进行编排。

图 42 食品饮料系列包装。靓丽的包装色彩，直接地传达了产品的内涵。

图 43 运用天然肌理设计制作的化妆品包装系列。包装容器上具有女性感的、流动的色彩肌理，给消费者的是一种关于产品内涵的非常直接的视觉信息。

图42

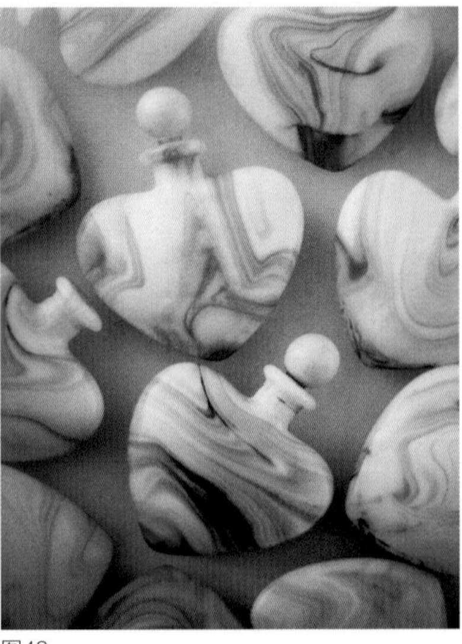
图43

在设计包装上的文字时，要从企业与产品的特点找到设计的指导理念。一个好的字体标志，具有着几个方面的品质：独创性、寓意性、可读性和表记性。

如日本“IONIC”牌牙膏包装上的品牌文字设计将黑体字作为基础，加以变化，在黑色字体中还加上了几个非常亮丽的色块，突现出企业形象的现代性，也表现了产品的纯净品质（见图44）。而许多中国食品包装的产品名称则运用了老宋体或者是书法，张扬的文字形象，不但吸引人们的眼球，也体现出中国的特点。

现代包装上十分普遍的做法是将文字与图形进行组合，这可以提高文字的识别度。如：“耐克（NIKE）”、“夸克”石油等包装上的文字。设计时要注意将文字图形组合的各种可能性加以深入研究，包括向上下左右四方的延伸、直向与横向的组合等等。

各种产品的包装文字可以具有完全不同的形象风格。食品包装上的文字一般比较活泼、有冲击力。化妆品上的文字则强调典雅、柔美。儿童用品的字体根据性别有很大的差别——男孩的玩具包装字体形象常常显得张扬，富有动感，女孩用品包装则以纤细秀丽为特色，具有一定的幻想意味（见图45-47）。

4. 造型

这里的造型是指包装的立体造型，如装液体的瓶、罐、筒等，装固体的各种样式的纸盒、复膜盒等。

造型的设计除了实现保护、运输与储藏产品的功能以外，主要的还是要运用各种视觉要素，构成所谓的造型语义，即通过造型的样式、色彩与肌

图 44 系列饮料瓶包装。文字采用了具有现代感的无线脚字体，和圆形相结合，加上红、蓝等原色，以及大面积的白色作底，使作品具有很强的时尚感。

图44

图45

图46

图47

图45 系列包装。作品运用了彩色的手写字体作为包装上的装饰，这是一种比较传统的表现方法，但也可以有时尚的感觉。

图46 系列化妆品包装。设计师运用了严谨的字体、严谨的编排、严谨的色彩和严谨的瓶体造型，表达出男性特定的审美要素。

图47 系列食品包装。古典风格的插图和严谨排列的文字字体十分和谐地组合于一体。

理，给消费者关于产品的一定信息，促使他们对产品产生购买愿望。

包装造型一般是抽象的，它是一种直接性的视觉语言，但人对它的语义方面的认知，却具有一定的暗示性。

通过包装造型形态，首先可以暗示产品的功能与用途。包装造型上的体量感，由于产品性质方面的关系，以及因人体工程学方面的原因（如何搬运、携带与使用）对包装造型的影响，都可以使人对包装内产品的性质产生联想与认定。比如，同样是家化产品，香水瓶的造型与家庭厨房洗涤剂瓶子的造型具有完全不同的性质——后者流线型的外形处理，方便消费者携拿的瓶颈，稳定的瓶底，大的容量（500—900克），可以使人明确无误地了解到产品的性质。再如，同样是酒瓶，一些白酒酒瓶的造型运用了许多可以折光的凹凸图纹，表现出酒的晶莹透明，暗示着酒质的醇净；而黄酒酒瓶常常是造型稳重，使人联想到酒质的温厚。

通过造型形态，还可以暗示包装内产品的价值与档次。包装外部造型的气质、性格，显示产品的品质、档次与格调。男性化妆品与女性化妆品在包装造型上的线形处理，显现出两性在审美品质上截然不同。

在生活中我们常常看到儿童误食包装里的东西，如将非食用性的洗涤用品当做汽水、糖果来吃。究其原因，一方面是小孩不懂文字，更重要的一方面是他们没有生活经验，不能通过包装的造型、色彩来了解里面的内容。因此，对造型语意暗示性的认知，与消费者特定的社会生活环境与经验有关系，造型语义的形成与发展和一定社会文化历史的发展也有关系。对造型语义的具体内涵与发展渊源进行研究应当是一个好的设计师的重要课题。

在设计包装造型时，材料的作用不可忽视。各种材料的对比使用，可以对造型产生相当的影响。如运用了压克力材料做成的瓶身与镀银的瓶盖在材质上的对比，可以让包装更加晶莹透明，显现出一种高贵气质（见图 48-51）。

第三节 视觉要素的编排组合

包装为了取得最大的视觉力度，在竞争中争得上风，常常运用各种方法将各种图形文字有机地组合起来。在编排上具有与其他平面设计不同的特点。

由于包装本身立面尺度上的有限性，包装必须尽可能地利用一切编排手段，将各种视觉要素与信息合理而有竞争力地展示给消费者。在编排的方法上，主要从以下几个方面来加以分析与思考画面上的各种视觉要素之间的关系。

1. 组合形

这是最基本的将不同要素进行编排的方法。其方式主要是联合与复叠。

联合就是将图形文字等要素以大小不一的方式并列为一个或几个群组，使画面错落有致，疏密得当。复叠就是将部分要素放大，通过互相复叠，让画面上的图形文字有更多、更大的展示空间，同时使画面结构更紧凑。

图48

图50

图49

图51

图48 仿古的包装盒造型。丰富的肌理和具有神秘感的图形纹样给予包装一种特殊的视觉魅力。

图49 儿童产品系列包装。特定的造型和图案、色彩构成了包装独特的个性。

图50 运用玻璃制成的动物图形包装容器，它们总是很受儿童的喜爱。

图51 玉米片系列包装。很有创意的纸盒造型和复合膜小包装，再配合富有童趣的文字、纹样，是整个设计得以成功的“卖点”。

图52

在包装上每个视觉要素都是一个形。在组合与复叠时，图形文字要素有一个完形与破形的问题。完形是相对于破形而言，指的是文字图形不被其他要素所覆盖、分割，有一个完整的形象。主要用在企业品牌标志等要突出表现的要素。破形可以是通过复叠实现，也可以以“出血”的方式具象（出血是个设计、印刷方面的术语，指的是图形文字超出包装立面的边缘线）（见图52）。破形的形象可以是产品等重要的视觉要素，但也可以是一些次要的信息。完形与破形可以灵活地加以使用，丰富设计的视觉效果（见图53、54）。

图52 食品拌料系列包装。设计师运用了色彩和图形的大小、位置等要素，将画面处理成标志、产品名称和产品形象等三个群组。整个主立面以红、黄、绿一个主色，加上白色和产品的中性色调，构成简约而有视觉冲击力的编排结构。

图53 化妆品系列包装。整个设计主要以简约的字体和线条构成。通过设计师仔细地均衡配置各种字体之间的组合，形成了看似自由，但是非常严谨的编排关系。

图54 传统风格的咖啡系列包装。作者有意识地将标志处理成铜质的凹凸感，保持了包装的古典感觉，但在整个编排上运用渲染过渡的黑色和其他色彩，将画面分割成几个大块，层次分明，也合乎现代包装简约明晰的设计要求。

2. 组织层次与织体

层次是在“组合”基础上对画面各个要素的进一步概括与统一。

我们这里讲层次与织体的概念，实际上讲的是一种分析与组织画面的方法。将画面分层次，具体来讲，也就是将要素首先以“组合”的方式组织起来，形成基本单元，然后将它们按照色彩、肌理、形态来加以区分，分成不同的层次加以处理。层次可以是两层的，也可以是多层的。通过层次的组织，在此基础上构成丰富而组织合理严密的画面织体。

织体是更高意义上的画面要素的形式组织。音乐作品的织体，是指作者将不同的音乐表达要素——旋律、音色，组合成具有内在逻辑、结构严谨而庞大的体系。包装画面上的织体，就是有效地组织画面上复杂的要素，使各

图53

图54

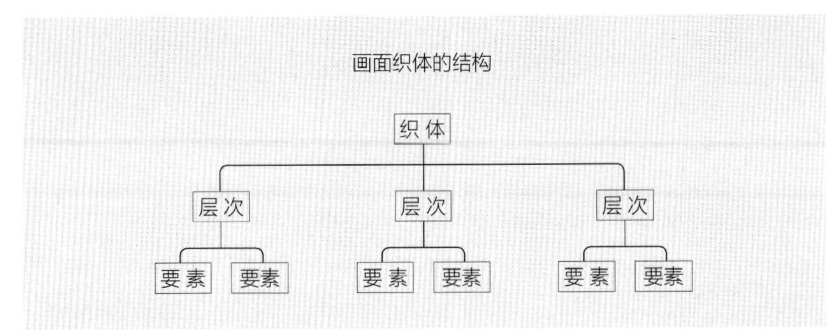

图表二

个层次在造型、色彩与肌理上组成坚实而熔铸于一体的画面。

层次与织体的结构关系在以下的图表里呈现（见图表二）。

图表的原理实际上来自于客观世界，因为世界本身就是一个按照不同空间尺度与能量组织起来的复合体系。

包装设计上的层次组织，要表现视觉上的冲击力、形象的丰富性；要呈现织体的流畅性、设计风格的特殊性；还要注意视觉密度的控制、色调的处理和各种肌理的对比等问题（见图 55、56）。

包装设计由于一般画面尺度的狭小，一般不要组织太多的层次，因为这会使画面显得过于琐碎。

这里还要提出的是视觉密度的概念，这是包装设计的与众不同之处。视觉密度是指画面上图形文字（信息）的密集程度。不同的包装具有不同的视觉密度。食品类、文具类、玩具类包装往往具有非常高的密度，各种信息以最大化的形象展示在主立面上。而化妆品的包装则一般是密度最低的设计之一。

3. 组织动势与视觉流程

任何物象，任何在画面上的要素都具有一种力动感。它们存在于形态的延伸、展开趋向中，表现在要素与要素之间的平衡、对抗与冲突的关系中，这既是人们对客观事物及其运动规律的一种心理联想，也反映着他们在认识、解读画面过程中先后缓急的运动过程与规律。如画面上的形体及其走向，肌理的疏密，色彩的明度、纯度等方面的变化都会产生一种力，引导人们的视线流动，从一个点转向另一个点。这就是所谓的动势。

动势主要分三种形式：流动力、张力与重力。流动力是要素形象向一定方向伸展流动产生的视觉感觉。张力是要素由于形体造型向四周张溢产生的视觉力量。重力是由于要素的色彩肌理上的不同产生的或重或轻、或向前伸或向后缩的感觉。

各种动势在画面上常常是复合地出现，互相呼应、支撑，取得平衡。在设计中总有一个主导性的动势。设计师要根据传达内容规定的要求，将各种要素及其动势关系处理好，使它们组成主次、先后关系明确的画面结构，引导消费者在辨识、解读画面的时候，有一个从起点到高潮、转折，最后到终点的有序过程，这也就是所谓的视觉流程。

包装设计中的动势处理根据需要而定。有的包装需要稳定、典雅的视觉感受，有的则需要充满活力，动感四溢（见图 57、58）。

图55

图56

图 55 食品包装系列。食品包装常常视觉密度很高，设计师尽可能地将各种文字、图形放大，复合地叠放在各个立面上，以吸引消费者的注意力。本作品的设计师通过各种文字的色彩与背景的对比，使它们相互间组合起来，形成群组，让画面有序起来。

图 56 化妆品包装系列。这类包装视觉密度不高。简约的结构造型和文字编排是表现产品品质的一种方法。

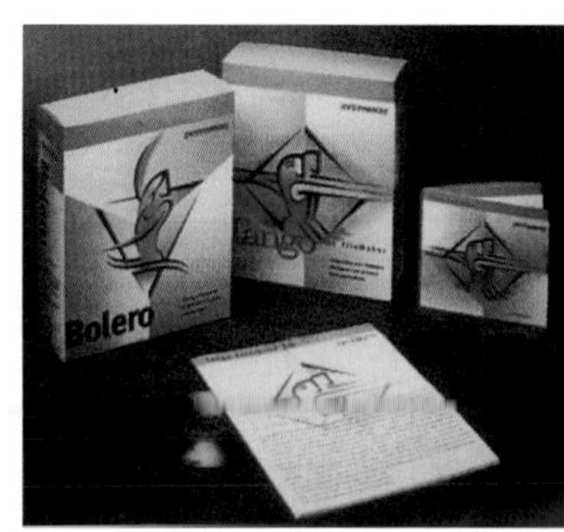

图57

图58

4. 几种基本的编排方式

对称。这是最常见的编排样式。常常用在比较典雅、庄重的产品包装设计中。一般以中轴线为依据，文字图形对称地展开，有时也可以略有变化，放上一些非对称的要素（见图 59、60）。

对称方式在编排时要注意图形文字组合后外形的左右上下的变化，要有一定的节奏感。

均衡。这是许多产品包装设计都可以运用的最基本的编排样式。这种样式顾名思义就是将图形文字按照其形态的大小、多少，色彩的明暗、轻重等关系在画面上均衡地进行布局。设计者要通过协调画面各要素在主次、强弱上的差异关系，来取得视觉上的美感，与内容相配的逻辑性（见图 61-63）。

对比。这是运用互相对比的设计要素进行处理、配置的编排方法，在儿童用品、食品等包装设计中运用得比较多。它可以使包装具有一定的视觉的冲击力。但在运用对比方法编排时，也要注意各个要素之间的协调、统一，做到张扬而保持有序，喧嚣而体现章法。

图57 学生设计的包装作业。包装立面中间的各种具有动势的人物造型，身姿舞动，具有向外扩张的流动感，而设计者安排在画面中央的各种三角形、菱形，使整个包装立面具有了内向的聚合力。散和聚在这里得到了平衡。

图58 纸品包装。设计师运用了粗大的熟褐色半圆形线条和细小的文字构成对比，使立面简洁而生动，视觉的辨识度非常高。

图59 本图展示的是设计师对同一包装提出的各种构图方法。设计本身是方案的提出到不断完善的过程，其中需要设计师付出大量的努力，多出方案就是完善方案的一个重要前提。

图 60 食品系列包装。本包装运用了对称性的构图。运用这种构图，需要十分注意处理左右两方面的文字、图形组合关系，使之不显得单调或不平衡。

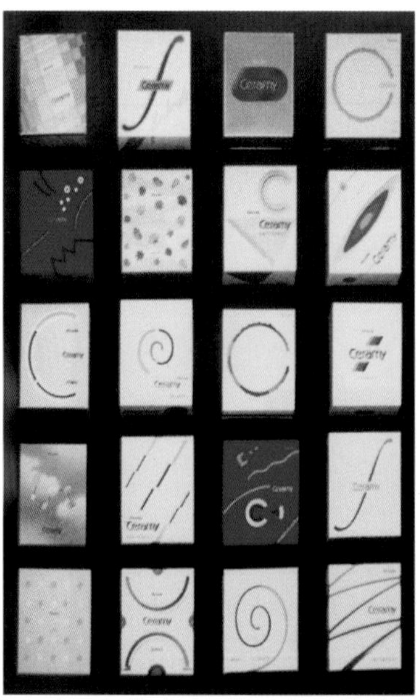
图59

图60

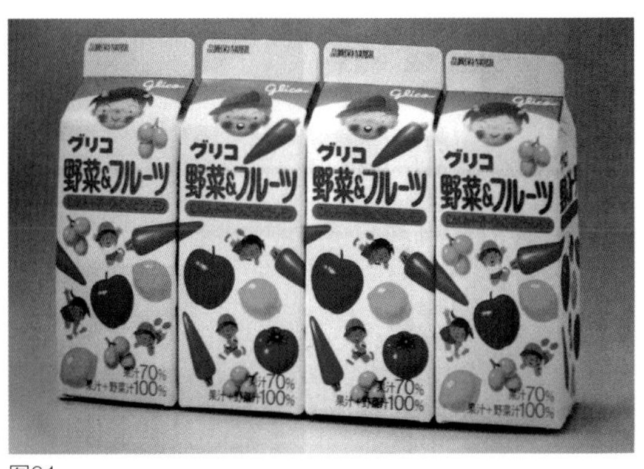

图61

图62

图63

第四节 风格与气质

风格代表了设计者的个性。人们说设计作品具有风格，一般指作品具有鲜明个性的设计理念，特定的创作方法与体系，以及与众不同的视觉形象等一些方面。

风格是一种综合性的要素，体现为一种完美的视觉表达语言及其内在的独特结构。在包装设计方面，风格指的是画面上各种视觉要素以一种特定的方式组合表现并达到的和谐一致。如日本设计家设计的系列酒瓶包装，将中国传统的国画作为插图，通过经过处理的色调与小字体微妙的对比，显示出一种和谐的风格（见图 64）。中国学生设计的宠物用品系列包装，将富有动感的动物形象运用电脑加以处理，文字具有现代感的造型与编排，更增加了画面风格的一致性（见图 65-68）。

气质是包装表现出来的与人的个性特征相联系的视觉特征，或者从审美的角度上讲，气质也是一种特定的个性化的美感。如作品能够表现男性阳刚之气的视觉美感或能够表达女性柔美之情的视觉美感。如皇家 ROYAL 酒瓶包装，运用黑色、金色作为主色调，并与咖啡暖色的酒的原色形成对比，具有

图61 饮料系列包装。设计师运用了对称和散点相结合的构图方法，散发展开的蔬菜图形和对称呈现的标志、品名构成聚、散的平衡关系。

图62、63 包袋系列设计。在这两个作品中，设计师都运用了均衡的编排方法。图63中的包袋V字形的白色条组合为装饰条带，和文字形成了均衡对比关系。图62中的右包袋是典型的均衡构图样式，左面的包袋则以对称构图为主，右面的标志则构成了一种特定的均衡关系。

图64

图65

图64 中国酒的系列包装。作品上大红色调的运用，表现出强烈的中国传统文化的气质。

图65、66、67、68 学生作品——宠物用品系列包装。整个包装运用了统一设计的编排样式和图形、字体。

图66

图67

图68

很强的男性美感（见图 69）。日本设计师设计的食品系列包装具有着朴实、洒脱的平民气质（见图 70）。而一些护肤用品的包装，洁净的暖色调表现出的是一种女性的柔和气质（见图 71）。

气质与美感的内涵是非常丰富多样的。对包装设计而言，除了华丽、高贵、甜美、冷峻、成熟等不同的气质与美感外，不同性别的美感，如男性、女性，不同年龄的美感，如儿童、少女少男、青年、中年与老年，不同民族与不同文化层次的美感，都有着完全不同的性质与视觉特征（见图72-77）。

在设计时对风格与气质的正确把握，是非常重要的，是一个包装设计是否成功的关键，也是一个好的设计师应具备的基本品质。

图69 酒瓶包装。和图71相反，作品在色调上对黑色和金色的运用，表现的是西方古典文化的特有情调。

图70 日本产品系列包装。素色的包装纸质，随意的书法文字，淋漓尽致地表达了日本文化的一些特质。这些特质也就是设计风格的原点。

图71 系列化妆品包装瓶设计。运用典雅图形设计的包装标贴和特殊的包装瓶造型，在视觉上构成了一种和谐，形成了十分明显的风格倾向性。

图72 酒瓶包装。严肃简朴的瓶体造型加上非常简约的字体与图形，表现出一种严谨而又带点怀旧的情调，虽不亮丽，但典雅隽永。

图69

SOFIST（图71）

图71

图70

图72

图73

图74

图73 一种专为老年狗配制的食品包装。作者运用四种视觉要素构成了画面：具有感召力的狗面部特写，各种文字和标志的组合，文字背后的由红色过渡到黄色的色块，以及边上的黑色色条。在视觉上整个设计给人以非常特别的感觉。在色彩、图片以及构图等方面都是如此。这种视觉上的特别之处也是风格的一种原发点。

图74 酒瓶包装。古典而不张扬的造型和文字处理，在视觉上和图形字体的历史文脉上达成了一种和谐，一种视觉风格上的统一感。

图75 酒瓶包装。新艺术风格的字体与图形，以及非常简约的瓶子造型，给人以历史文脉方面的联想。磨砂处理的酒瓶肌理和上面的人物图案组合为非常和谐的对比。

图76 中国酒的系列包装。作品上大红色调的运用，表现出强烈的中国传统文化的气质。

图77 酒瓶包装。和图71相反，作品在色调上对黑色和金色的运用，表现的是西方古典文化的特有情调。

图75

图76

图77

第五节 包装设计的信息选择与配置

一、信息的性质

包装上的信息可以分为以下几种主要类型：

与内在产品有关的信息，包括产品品牌（商品名）、各种有关产品质量的说明、产品的用途与使用方法，等等。

与生产企业有关的信息，包括生产产品的国家与企业的名称、企业标志（在有些情况下，企业标志与产品品牌标识是不同的），经销商的名称，以及相关的地址、电话、传真、E-MAIL，等等。

与管理有关的信息，包括包装运输说明与标识、包装用后处理说明与标识、商品储运、销售管理标识（条形码，又称POS系统），等等。

法律规定必须呈示的信息，包括产品成分及其比例、质量标准、内含量、生产日期与保存日期、卫生批号、生产许可证号，等等。

广告促销信息，包括各种促销性的广告语（包括生产企业与销售企业的）。其目的在于表达产品的特定价值、产品对提高与改善消费者的生活质量所具有的意义，等等（见图78、79）。

二、信息的组合

包装上的各种信息，其重要性是不一样的。在配置信息上要根据市场的实际需要与信息的性质，来进行合理的组织编排。

根据包装结构所生产的立面可能是六个面或四个面的，也可能是两三个面的（如纸袋，圆形的瓶、罐等）。

在不同的立面上，所承担的信息传达功能是不同的。主立面一般安排产品品牌与产品形象为主的信息，因为在现实的市场销售环境里，主立面是面对顾客的，需要将最主要的信息放在上面。但各种产品也是根据具体情况而定的。有的包装采用的是企业品牌为主的设计，像“可口可乐”等饮料包装强调的是品牌，这一方面是因为产品形象很难表现，另一方面，更重要的是

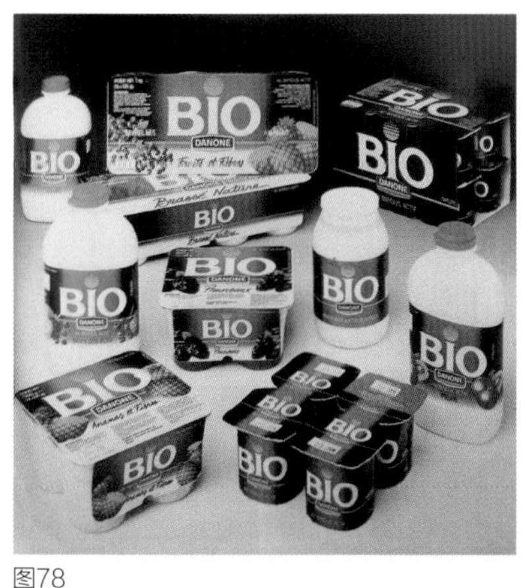

图78

图79

图78 乳品系列包装。设计师将各种图形文字信息在大小上分为两种：在各个主要立面（正面、顶部）上强调了品牌与标志等主要信息，它们一般在三米内可以很清楚地被消费者辨识；其他辅助文字则被处理成可以在半米内辨识的大小尺度。

图79 饮品系列包装。在正立面呈示的是标志和产品品名文字，在侧面放置了各种有关产品的使用方法等次要信息。包装信息的视觉流程要求设计师对各种图形、文字信息很严格和细心地加以处理和设计。

图80

在特定的货架上相邻的都是同类的产品，加大产品名称或产品形象就不是那么重要了——要点是企业品牌的竞争！也有企业则将产品形象放在最主要最显著的位置。如许多饼干、水果、干果罐头就是如此，这类包装需要让消费者最大程度地感性地接触产品。

在两侧与背后的立面上，一般放一些次要性的信息。如使用说明，产品成分等，也包括了条形码。在编排组织这些信息时，也应该根据主次有别的原则加以处理。一般来讲，产品说明（包括成分比例）、产品使用方法等信息较为重要，而产品生产日期与保存日期，卫生批号，生产许可证号，生产企业、经销商的地址、电话等信息则次要一些。图形与文字的组合要得当，要留有一定的空白空间，文字字体不要有太多的变化，也可以加上一定的辅助性图形，使画面看上去疏密得当，条理清楚（见图80、81）。

三、信息的视觉强度与辨识度

放置在包装上的各种信息，在通过图形文字来表达时，有一个视觉要素强度与辨识度的问题。

视觉要素的强度是指包装上的信息在与其他产品相比较时，其视觉形象具有的冲击力和对顾客具有的吸引力。由于在商店同类的产品总是放在

图81

图80 化妆品系列包装。尽管一个系列内的包装在材料、样式等方面不一样，但主要的信息的承担者——标志、品名和与之相匹配的基本图形色彩和基本的编排样式不可以有根本性的改变，相反要尽可能地达到统一。

图81 日本调味料系列包装。现代包装的主要信息（标志与产品品名）一般要用最突出的色彩和图形加以表现，并且以统一的编排方式设计处理。

一起，因此，产品之间的相异点主要体现在品牌的差异上，而品牌的差异是要通过视觉要素来体现的。在包装主立面上的视觉要素包括了标志、品牌、产品形象，以及CIS规定的基本标准色彩、标准编排等。它们必须具有一定的视觉强度，能够在同类产品中脱颖而出。对于包装上其他立面上的次要信息，它们的视觉强度也要有所变化。

视觉要素的辨识度是指包装上的图形文字在一定的空间距离中让消费者清晰明白地辨识的程度。在现代自助式销售商店中，包装一般总是被陈列在货架上让消费者自己去选择与购买。由于消费者不可能对每件包装很近地加以观察，因此包装的主立面上要有一定的能让消费者在1～2米的距离就可以辨识的信息。然而，在包装上的信息也必须经过选择，目前的做法一般是通过强化包装上特定的色彩组合与编排方式，以及大尺度表现的品牌标志来作为远距离被认知的要素。而对于包装上的一些次要信息，视觉辨识度则可以低一些，保持在和一般书本那样的程度就可以了（见图82、83）。

第六节　包装设计视觉形象的战略思考

在现代市场竞争高度发展的条件下，包装是企业整体营销战略的重要一环，是企业形象不可缺少的组成部分。包装设计必须在企业CIS计划的指导下进行。因此在设计包装时，不应当就事论事地简单地将这种工作看成是孤立的、单一的设计，而应当从企业营销的发展战略这一高度出发，对包装设计进行整体性的战略性思考。

这包括以下两个方面：

一、与企业营销战略的关系保持一致

企业的营销战略是企业发展及参与市场竞争的主导思想，这包括对企业形象的宣传内涵，以及其长期与近期的形象建树策略的确定，产品销售与设

图82 家庭用具系列包装。尽管产品在造型上多种多样，但通过CI指导下的包装设计，现实了视觉上的高度统一。这种统一是现代市场发展的需要。在本组包装中，通过整体设计的辅助图形——红色的色条和背景的黑色构成了强烈的对比，它们的这种组合关系贯穿于整个系列包装中，使企业的品牌得到了有效的展示。

图83 食品系列包装。统一的色彩、字体与编排是现代包装设计的基本特征，就像一个军队里的军团，尽管将军与士兵在军衔、军服等一些细节上有变化，但它们的外观在整体的视觉上保持着高度的一致性。

图82

图83

图84

计的定位等方面，设计包装时必须体现企业的总体营销战略，并与之保持一致。《日本包装用语辞典》提出了形象战略的概念，把它定义为“为了使企业和商品在社会上有一个好的印象所进行的活动”。

今天的包装设计必须从社会的、文化的和长期的层面上进行思考，设计师要运用色彩、图形等方面视觉语言，真正地体现出企业对消费者的感召力，给予人们一个可信、亲切或有时尚感的“好印象”（见图 84-86）。

二、在CIS计划指导下进行包装设计

其主要特点表现在：设计者要运用各种CIS设计中规定的视觉设计要素，进行系列化的设计，并在设计中既要保证视觉形象的统一性，同时又保持一定的变化空间。具体来讲，包括以下几个内容：

1. 标准化的标志。标志是企业品牌与形象的视觉承担者，各种包装都必须以突出的方式表现它，同时在表现的时候不能有所偏差。应当根据CIS手册（企业形象设计与制作规范）所规定的标准样式将标志复制在各种包装上。

2. 标准化的辅助图形。今天的许多企业标志往往是用具有可读性的字体构成，如“NIKE”、“SONY”等。为了加强标志视觉表现力，让观众更好地认知与记忆，设计师常常使用一定的辅助图形与标志进行组合。

3. 标准化的色彩。CIS手册一般规定了各种标准化的色彩，供企业在不同场合使用。其中分为标准基本色彩，用于标志等重要的视觉要素，可以给予受众最为重要的企业视觉印象，CIS也常常规定了许多辅助性的色彩及其组合，它们可以起到烘托基本色彩、显示各种包装不同品质的作用。

4. 标准化的编排方式。指包装为了统一形象在图形、标志与各种姿态的位置安排上进行规范性的处理。

5. 标准化的字体设计。指包装上的文字，特别是主要的文字，如产品品牌、产品名称等必须运用CIS规定的规范化字体（见图87-90）。

图84 食品系列包装。本组包装设计中，标准化的标贴组成了包装编排的主要骨架，它们构成了最主要和最抢眼的视觉识别要素。

图85 三得利啤酒系列包装。各类不同材料和样式构成的包装，通过CI计划指导下的设计，组成了一个由统一色彩、统一编排、统一字体、统一图形组合而成的包装家族。

图86 小型家用电器系列包装。黑色与彩色条组成的编排样式，成功地应用于各种分类包装，效果强烈而统一。

图85

图86

图87

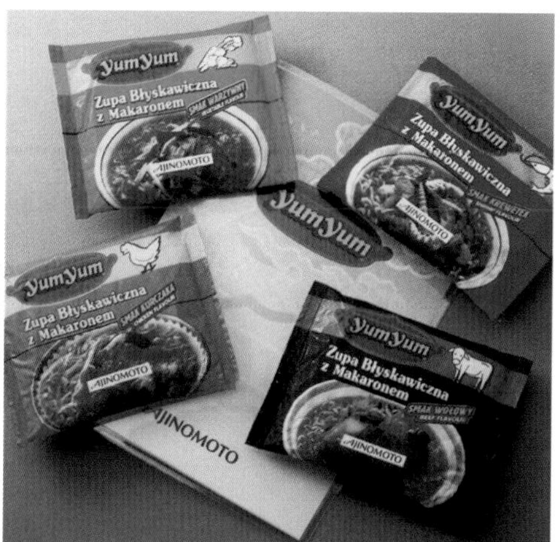

图88

图89

图90

图87 食品系列包装。作品很好地运用了统一的编排样式，将各种不一样的产品包容在内。为整个包装系列设计一个统一而又能包容各种变化的视觉编排框架，是现代包装设计师在设计中首要考虑的问题。

图88 食品调料系列包装。作品中运用了统一设计的辅助图形——一个中间镶嵌着标志字体的烧锅。这个烧锅图形强化了标志的视觉强度，也在统一的包装编排中担任着主要的角色。这也是现代包装设计常常应用的一种手法。

图89 饮品系列包装。作者运用了强烈的红色作为系列包装的主导色调。简洁明了的信息通过简洁明了的设计得到了表现。消费者通过张扬的红色对企业品牌有了深刻的印象。

图90 系列酒包装。设计师运用黑色的印刷字体与挥洒自如的水墨图形巧妙地进行了组合，独特的图形和编排贯穿于整个设计，视觉效果很好。

思考与分析

对称、均衡、对比、动势是包装设计中最常见的编排方式。在具体的设计中可以加以灵活的组合运用。

学生作品《宠物用品系列包装》（见图91-94）构图在均衡中又有一点对称。上方的品牌文字与下方的卡通图像在视觉上互相呼应，通过标志文字后面的色块，和猫咪形象周边色块的组合，使画面形象得到了群组的效果。包装立面气氛热烈而不乱，插图的表现技法非常成熟。

学生作品《瓷器系列包装》也运用了均衡的构图方法，但要注意的是在两个包装盒组合在一起的时候，它们在视觉上又变成了对称的样式。整个包装上的图形由画家克利姆特作品中的图形发展而来，非常优雅。包装的设计风格淡雅清新，通过底色的变化，在包装的排列中可组成各种变化。

学生作品《调味料系列包装》在构图上具有对比性。文字和卡通图形在色调和大小上形成了对比。作为平衡，在标贴的左下方和右下方的文字色块和右上方的“赞”形成了呼应。两组文字分别超出标贴的外框，形成了视觉上的重点，使观众的视线从“赞”出发，阅读了卡通图形后，最终又回到了“赞”字。整个设计运用了卡通漫画形象，具有一定的时尚感。值得肯定的是设计者在标贴的色彩上基本运用单色，使其整体上呈现白色，这和瓶中的饮料色彩形成了主要的对比，很好地表现了产品的特点。

图91 学生作品——饮料系列包装。整个包装使用了各种卡通图形，具有一定的时尚感。

图92、93、94 学生作品——瓷器系列包装。整个包装以克里莫特为主题，运用了画家所特有的装饰图形作为视觉母题加以变化延伸。

图91

图92

图93

图94

本课程作业

设计一件单体包装。

要求：运用均衡、对比等构图形式进行设计。

第四章

市场调研与设计定位

第4章 市场调研与设计定位

第一节 聆听客户的要求

包装设计是解决企业市场营销方面的问题，具体地讲就是通过包装设计的形象让消费者了解产品，进而了解企业的经营理念和企业形象。

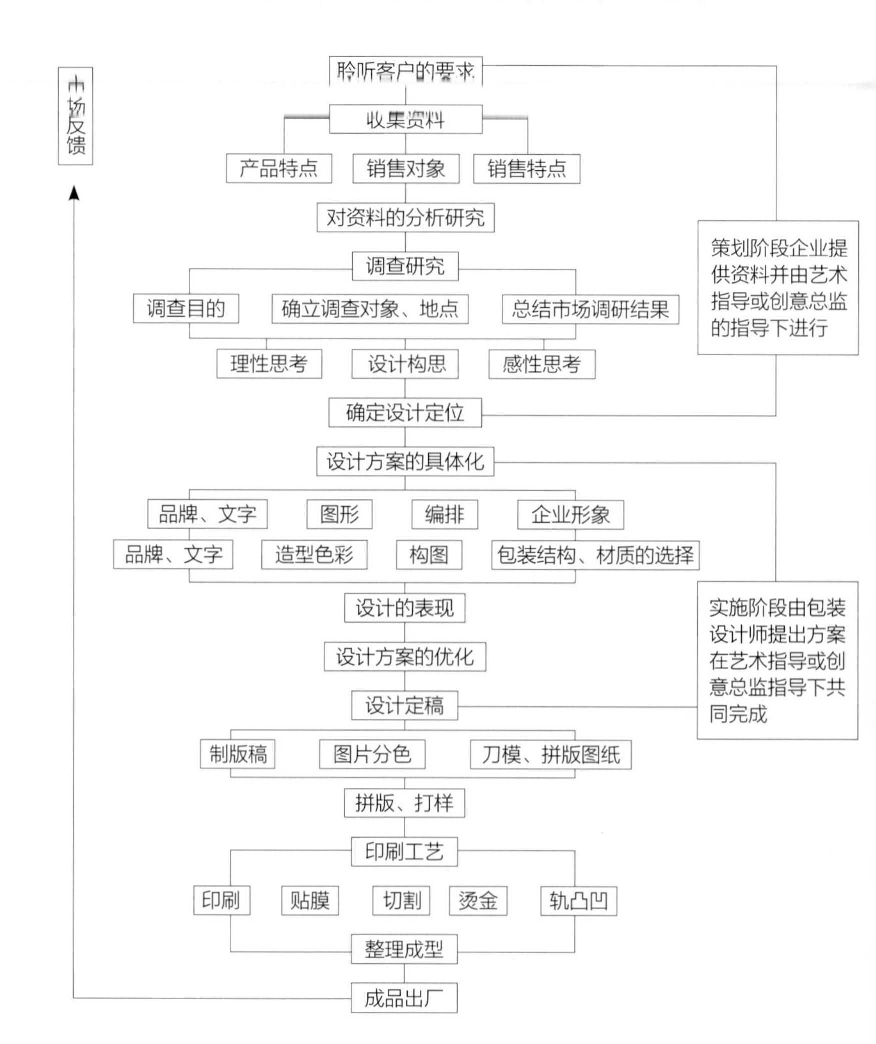

图表一

要解决市场营销方面的问题，就要有科学的方法与程序，通过对市场中
客户调研问诊，以及通过在消费者和消费市场的调研了解和分析后，运用
计的力量和工艺制作等方面的表现手段将其化为有形之物的过程。

包装设计的程序见图表一。

当今社会，企业——客户通常把开发产品的包装形象的设计任务交由广
公司或设计公司来承担。

设计公司的艺术指导和他的设计团队拿到案例后，首先考虑的是找出问
的症结，即客户想要表达的东西和解决的方向比什么都重要。客户委托做
项设计往往出于各种各样的原因，有时思绪堆积如山，样样都想推销。这
候设计师要耐心聆听客户的要求，收集客户对包装视觉形象的要求，当客
的表述处于凌乱的状态时，要善于捕捉整理客户的思绪、置换成信息后进
排序，找出核心部分，帮助客户找出真正需要让消费者了解的核心价值。
计师的任务就是起到通过画面的视觉形象设计，在客户与消费者之间架起
条传递信息的桥梁。

日本当今设计界的风云人物佐藤可士和在这方面很有成就，他非常注重
聆听客户对问题的见解，通过聆听掌握微妙差异，整理排序客户的观点与
绪，找出问题的关键。他的排序整理方法见图表二，佐藤可士和所养成的
好的职业工作习惯为他走向设计大师之路打下了基础。对于我们在读的学
来说，是足以让我们有所借鉴和学习的。

● 整理的步骤

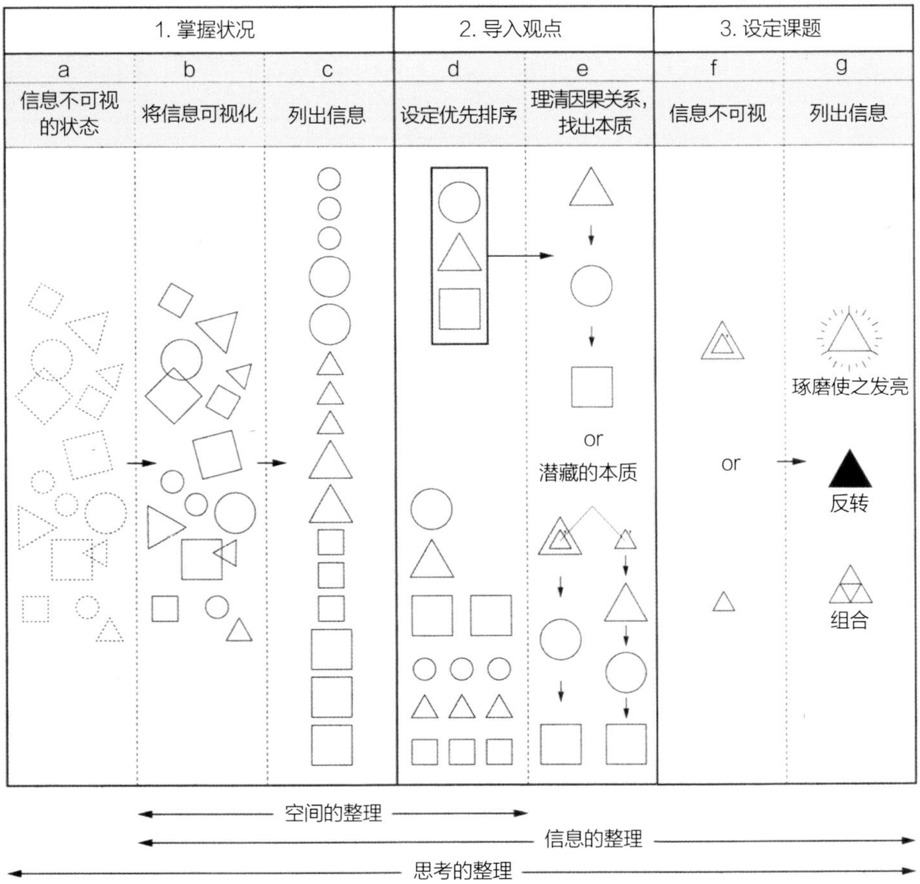

1. 掌握状况			2. 导入观点		3. 设定课题	
a	b	c	d	e	f	g
信息不可视的状态	将信息可视化	列出信息	设定优先排序	理清因果关系，找出本质	信息不可视	列出信息
				or 潜藏的本质	or	琢磨使之发亮 反转 组合

空间的整理

信息的整理

思考的整理

图表二

第二节 调查与研究

包装使产品实实在在地呈现在消费者眼前。从消费者看到包装时起，大脑中成千上万的细胞便立即产生对该产品的一种喜厌的情绪。这种情绪的作用是巨大的，它将验证“包装是否具有销售力”。

一、问题的提出

因“包装是否具有销售力”是由包装的内容、它的消费层、销售地点、品牌名称、包装的形象因素、文案（广告短语）等紧密联系在一起的。所以，面对一项包装设计案例，设计师必须首先要向自己提出以上这些问题，了解这是属于哪一种类型的产品包装，有何特点，以及有何特殊要求等。这些问题的提出与调查研究是设计构思的基础，否则设计将无法开展，无从入手。

二、设计构思的开展应首先从以下几个方面来研究

1. 包装的内容（产品）

该产品的特性：是液体、固体还是气体，如果是固体的话，必须了解它的外形特征、体积、重量以及属哪种材质，是否会变质，容易受潮等。如果是液体或气体的话，要了解它是否害怕受光后产生化学反应等。

该产品是属于哪一类型的：是食品、化妆品、礼品、药品、生活用品、五金产品，还是文化用品等。并要了解它的档次：属奢侈品，还是属中低档次。

该产品销售时的包装容量和价格定位。

该产品的生产企业的历史状况，产品知名度，与同类产品比较有何优点、缺点和特点，是新产品推出还是改装老产品。

2. 消费层

该产品消费的对象：特定的或主要的消费群体的年龄层、性别、职业、文化层次以及民族等，以及随着物质生活的优化而消费需求的变化。

3. 销售地点

该产品的销售地点从大范围上可划分为：国外、国内、城市、乡村、民族地区等。从小范围上可划分为：批发、零售、超市、普通商场等。

4. 品牌名称的设计

如果是新产品的话，品牌名称或商品名称的形象设计将会影响到产品的销路。一般可遵循以下几个原则：(1) 易于记忆、简洁、善于启发积极向上健康的联想，如“膨化食品包装”(见图 1)，朴实粗壮的手写体给人以自然健康的感觉。(2) 独特性，要与竞争者的品牌名称和设计形象区别开来，这是树立自身独立地位和形象的关键，如瑞士“Rustad”饮用水品牌的设计，丝绸般、动感的笔画把产品的性质表现了出来，同时也表达了企业蒸蒸日上的活力（见图 2）。

图1　　图2

图1 粗壮、随意的等线体的字体设计给人以自然、健康的感觉。

图2 丝绸般的笔画清楚地传达了产品的性质，也反映了企业的活力。

5. 包装的形象

包装的形象是指设计（色彩、图形、文字、编排、包装结构、包装材料的选择）的整体表现，它必须以准确传达内盛物的信息为基础，并给予消费者以视觉冲击力与美感的享受，以及合理的、人性化的外在形式。

6. 文案（广告短语）

包装上的广告短语是宣传商品自身的某一个特点，如可口可乐的“倍添情趣”的广告短语给消费者带来了感情上的满足。准确选择设计广告短语有利于产品的发展。

了解上述这些问题，是进行成功设计的开始，而解决这些问题，就必须进行市场调研。设计离不开市场调研。

三、选择市场调研目的

调研的具体目的通常以研究问题的形式出现，根据产品与包装的营销方面的性质来确定市场调研的目的。如有的产品包装是新近推出的，这就需要以相关市场的潜力，即产品在社会生活中的使用价值、产品在社会中占有的地位，来确定市场调研的目的，产品包装推出成功的可能性为目的进行调研。而有的企业只是对已有产品包装进行改良或扩展，那就要以为什么要进行改良，调研具体目的是：本产品与具有竞争关系的同类产品的总体情况（包装形象的认知率、消费者对品牌的喜好、价格、使用习惯、使用对象、满意程度等）。

四、调研方案的设计与内容

调研方案的设计是实现调研目的、指导市场调研的蓝图。调研方案的设计主要涉及以下内容：确定调研类型，即决定需要什么类型的信息和内容；资料收集手段的选择，即电话访问、入户访问、焦点小组等等;调研对象的选定;问卷的设计等。

在调研内容方面，则根据产品、市场的特点，与经费及其他方面的限制，确定一定的和设计目的相关的调研方向。一般为以下几个方面：

1. 市场的基本情况，如市场的特点与潜力、竞争对手与产品等方面；

2. 同类产品与自身产品比较（如果已投放过市场）的基本情况，包括品牌形象与知名度、好感度、信任度，产品的价格、质量、销售方式，包装形象的优劣等方面。

由于企业推出产品的地点与时间各有不同，加上商场上的情况多变，所以，调研内容应本着“实事求是”的原则，具体情况具体处理。但一般的情况下可从以下几个方面着手进行。

（1）产品品牌的调研：对市场上销售的、同类的主要品牌，也是消费者认可的品牌，包括对这些品牌名称所拥有的包装设计和相应的整套VI设计的了解。

（2）各种品牌产品的价格：包括小包装、中包装、礼品类包装的各类零售价格。

（3）人们购买该产品的方式：如购买地点：商场占20%，超市占50%，小便利店占10%，网上占10%，随意占10%，又如购买时间：过节占30%，生日占50%，随时占20%。

（4）各种品牌产品包装形象和广告短语的特点：包装形象和广告短语的应用将帮助品牌在众多同类产品中突显而出，消费者会从中得到精神上的满足。

五、实施市场调研

进行市场调研有许多种方法。对设计师来讲，有时由于时间以及经费上的关系，只能选择一些具有可操作性的方法进行调研。

最常见的调研方法是设计一种特定的调研表格（问卷），在选定的消费者中进行问答式或填表式调研（见图表三）。

每调研一个人就填写一张表格（又称样本），调研的人数根据要求与经费情况而定，少的20名，多的200名以上。从理论上讲，调查的人数越多，调研的结果就越具有客观性。

作为艺术指导和设计师，自己更应该采取主观观察和亲历消费市场的方法进行调研，这主要是从设计的角度对包装在市场上的情况，包括竞争对象、销售环境、销售背景、产品背景等方面进行收集资料，整理资料，对资料进行排序研究。

六、总结市场调研结果，找出客户与消费者共同的索求点

通过市场调研，设计师多方面地收集到项目产品包装与同类产品包装设计所涉及的市场、消费者等方面的信息后，应该在此基础上对其进行整理归纳总结，发掘问题的本质，找到什么是最重要的事情。调研报告要写得简明扼要，观点要明确，验证调研收集的材料与客户提出的观点是否一致，通过

“* * *”品牌巧克力市场调研问卷

为了研究和改进产品的包装设计，提高包装设计的品质，请您针对问卷提供宝贵意见，谢谢您的帮助！

2011年　月

性　别：□ 男　□ 女

年　龄：□ 11-15岁　□ 16-20岁　□ 21-25岁　□ 26-35岁　□ 36-45岁　□ 45岁以上

教育程度：□ 小学　□ 初中　□ 高中　□ 大专以上　□ 其它

职　业：□ 学生　□ 工　□ 商　□ 农　□ 公　□ 军　□ 白领　□ 其它

月收入：□ 1000元以下　□ 1000-1500元　□ 1500-2000元　□ 2000-3000元　□ 3000元以上

● 您平时喜欢什么品牌的巧克力？

● 您会因为什么原因去购买此品牌的巧克力？

□ 品牌的喜好　□ 包装的精美　□ 口味的喜好　□ 价格适中　□ 送礼　□ 孩子爱吃　□ 促销活动

● 您会在什么地方购买巧克力？

□ 超市　□ 小便利店　□ 商场　□ 小摊贩

● 您会热爱什么价位的巧克力？

□ 1-5元　□ 5-15元　□ 15-30元　□ 30-50元　□ 50元以上

● 您会喜欢什么包装的巧克力？

□ 档次高　□ 体现巧克力的精神品位　□ 体现价廉物美　□ 包装漂亮就行

● 您一般在什么时候购买巧克力？

□ 随时　□ 节日送礼　□ 生日送礼　□ 自己想吃时

● 您会因为什么原因去购买“运动巧克力”？

□ 喜欢运动　□ 口味的喜欢　□ 喜欢此类型巧克力的包装　□ 调节口味

● 在市场上“精彩运动巧克力”的知名度如何？

□ 听说过　□ 没听说过　□ 较熟悉　□ 很熟悉

● 作为现代运动形的“精彩运动巧克力”的包装，您认为其存在的问题是什么？

□ 色彩　□ 品牌标志　□ 画面编排　□ 没创意　□ 品牌精神不到位

图表三

图3 “麒麟”极生发泡酒是由日本当今的实力青年设计师佐藤可士和设计的，他以简约的设计风格体现出“清爽不腻的口感”的日本新一代饮料的本质。

总结找到商品与消费者之间能够沟通的观点。

以上必须是建立在客观性地对所获得的信息资料的基础上进行整理、归纳。一旦发现客户与消费者之间所要求的目标不一致时，应该站在不同的角度审视调研的信息材料，因为设计师是客户的委托方，往往会不知不觉地站在客户的角度做出判断。所以，在最后做出结论前，需要对自己不断提出问题，进行换位思考，站在消费者的角度重新审视产品；诚恳面对产品的核心价值及产品的独特性等，是下结论的关键。

我们以日本麒麟“极生”发泡酒为范例，来看看设计师是怎样总结市场调研结果的。2002 年日本受到经济泡沫的冲击，各啤酒厂商为应对经济滑坡的现状研发新的廉价发泡酒，并同时推出包装形象。通过市场调研，发现人们一说起发泡酒就会把它归为“廉价”“劣质”的饮料，社会充斥着发泡酒是为了节省啤酒经费而无奈选择的负面印象。

而麒麟的商家想通过“便宜”营造正面形象让消费者消除这些负面印象，显然这与消费者想要得到的真实的东西相违背，就算勉强营造正面形象，因为跟商品的调性不合，也是毫无意义；如果一味强调便宜，不免又会欠缺吸引力。设计师在总结的过程中试着导入“宏观视野”，将观察的角度从商品本身后退至整个发泡产业，重新寻找发泡酒的负面印象从何而来。终于发现问题的本质是“勉强模仿啤酒”。在分析中他们发现无论是发泡酒的广告、包装，都抄袭啤酒形象，处心积虑地让商品看起来像啤酒，避免消费者察觉他们喝的是发泡酒。因为没有将发泡酒本身的独特性强调出来，结果就一味诉求便宜。

找到关键点，认清了应该前进的方向是：“树立发泡酒的独特地位。”设计师为先前一直被视为负面的要素找到了转换点，并非“廉价版啤酒”，而是“可以轻松享受的现代饮料”；并非“风味不足”，而是“清爽不腻的口感”。

站在模仿啤酒的角度或许是负面要素，可是换一个角度，就能变成最佳销售的诉求点：“创造并非廉价的发泡酒，而是便宜自有它的道理的形象感觉。”这才是客户与消费者共同认同的核心价值。现在的麒麟“极生”已经成为“第三啤酒”的形象，而啤酒则成为主打高价诉求的饮料。

以上仅仅列举了一个成功的范例，足以说明总结整理所收集的信息材料是何等的重要。如果调研不彻底或不全面，不要急于下结论，要考虑再次展开调研，因为调研的深入与否将直接影响到项目完成的成功效率（见图 3）。

第三节 设计定位

设计定位是60年代提出的，是设计师在通过市场调查，正确地把握消费者对产品与包装的诉求（内在质量与视觉外观）的基础上，确定设计的信息表现与形象表现的一种设计策略。也就是说唯有确实掌握商品的本质，有效表现，才能产生长留人心的作品。通过设计和视觉的力量，让消费者了解商家想传递的内容，设计才能发挥功效。

一、产品定位

产品定位在销售中起直接介绍产品的作用，也是直截了当的表现方法，在包装的展销面上突出产品的形象，吸引消费者的注意力，也可以以产品的配料成分作为出发点。处理方法上较多地采用写实的逼真画来描绘，如表现水果和食品类的真实与新鲜感、美味感，也可以应用摄影的方法来引起消费者的购买兴趣，如德国的“HEILEMANN”巧克力（见图4）和著名的“Ritter”运动巧克力（见图5）。华贵诱人的巧克力形象起到吸引消费者的作用，有时候仅仅是为了欣赏也会买上一盒。所以，要注意的是，这种方法主要用来表现产品本身的造型是比较完美的和优雅的。而对于一些造型本身不够完美的产品要尽量避免应用此方法。也可以利用透明包装或纸盒开天窗的方法让消费者直接了解包装盒内的产品，这可以增加产品的可信度，例如农副产品、香型类等包装采用这种表现手法的最为常见（见图6、7）。

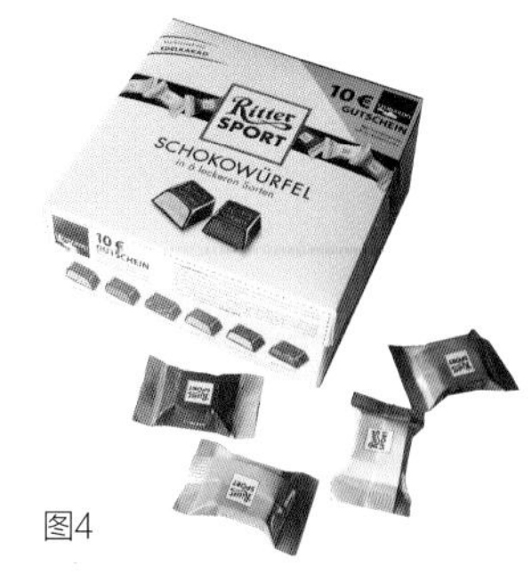

图4

图5

二、品牌定位

此类战略方法一般应用在品牌知名度较高，众所周知，在消费者心目中有一席之地的产品包装上。利用品牌的精神效应来赋予消费者一种想象。在表现方法上由于品牌形象本身处于设计的中心，因此有一种以我为主体的效应。如果能以对品牌的名称含义加以延伸作一些形象化的辅助处理，更能赋予产品唯我独尊的高贵形象（见图8）。

图6

图7

图8

图4、5 德国“HEILEMANN”巧克力包装，用摄影的手法把内装巧克力的形象整齐地排列在画面的中心部位，使消费者一目了然内盛物，产品的华丽诱人的形象传达了每一块“HEILEMANN”的不同味觉，诱惑着消费者。整齐的排列暗示着巧克力的档次，并提醒消费者“请有节制地享用”。而另一款德国“Ritter”运动巧克力，则以艳丽丰富的色彩表现出品牌定位的内涵：运功带来健康和丰富多彩的生活。

图6 开天窗的方法让消费者直接了解包装盒内的产品，这可以增加产品的可信度。

图7 学生作业
利用产品本身的美感形象作为产品的包装图形，并应用透明的包装手法，强调了产品品质的可信度以及以我为主体的效应。

图8 以品牌的形象作为包装的设计定位，体现了这是老字号的产品。与洁白的背景处理形成强烈的对比，同时白色的背景丰富了对产品的想象力，传递出绿色食品的内涵。

图9

图9 画面上应用文字图形化处理来突显产品包装的视觉冲击力，轻松的文字编排处理体现出老产品“咖啡”、新品种推出的活力。图形的处理更能窥见对绿色产品的理念。

图10 将产品特点真实地反映在包装的展示面上，与消费者的经验相碰撞，从而引发消费者对产品的信任感。

图11 学生作业
用与产品有关联的形象的表现方法来引起消费者的“由此及彼”的联想与共鸣，荷花与鸳鸯的传统图形作为碗碟包装的设计元素，足够引发消费者对“天伦之乐”的感想。

图12 应用特殊材质工艺使画面产生了多视角的立体真实感，使你在还未品尝这葡萄酒之前就已陶醉在这优美的华尔兹舞步中了。

三、文案定位

有些产品对产品本身不必作过多的描绘，而着力于产品的有关信息的详尽文案介绍。在处理上为了丰富画面，可以应用文字图形化处理来突显产品包装的视觉冲击力，也可以配以插图，以丰富表现力。这种方法一般用于新产品较多（见图9）。

四、产品性能定位

也就是以产品使用后的结果作为其视觉化的说服力， 表现方法是将产品特性的主体感的真实证据反映在包装的展示面上。例如：用节日夜晚放烟火的欢乐情景表示；肥皂粉包装上出现的泡沫；电子元件所产生的电波图形；绘画工具所产生的丰富多彩的画面；健康主食给人们带来的不仅仅是健康，更是知识的能源等来表示产品的性能（见图10）。

五、以与产品有联系的形象定位

用于产品有关联的形象的表现方法来引起消费者的“由此及彼”的联想与共鸣。这种联想在人们的审美心理活动中，往往起着很重要的作用。而因为我们的有些产品，很难把商品具有的特性显现出来，因此必须借助人为的方法，突破这种困境来描绘产品的内涵，而产生一种美好的联想（见图11）。

六、以象征性定位

这是一种绝妙的手法。例如：将引起我们垂涎欲滴煮好的食物应用在调味料的包装上，不仅能象征该产品的特性，同时也增加了消费者的胃口的需求量。因为有时象征的作用隐含着暗示，而暗示的功能是最强有力的，有时超过具象的表达，比如以一幅热气腾腾美味的画面来象征咖啡香浓的品质，也隐含着青年男女在热恋的交往与约会中是不可或缺的罗曼蒂克的最佳饮料。又如在葡萄酒的瓶贴上是一幅随着视角的转换而变幻莫测的、一对情侣在跳华尔兹舞的优美舞步,他们的舞步就足以让人陶醉于瓶中的葡萄酒(见图 12)。

七、礼品性定位

设计师可以站在消费者的角度进行设计，着力于高品位或典雅的装饰效果来提高产品身价。同时也可起到体现送礼者的身份及审美感。在设计上有

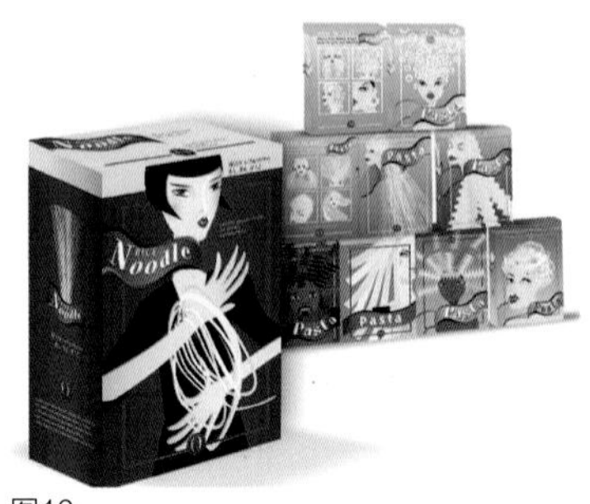

图10

图11

图12

较大的灵活性。比如用书作为订婚戒指的包装来赋予婚礼以更深层次的含义（见图13），体现送礼者的修养与高品位。

八、纪念性定位

这些包装是为某种庆典、旅游、文化体育等活动的特定纪念性的设计，受到一定的时间性、地方性局限。因此可以着力于某种民族性传统感的富有浓郁地方传统特色的表现形式（见图14）。

九、造型定位

有些产品可以利用包装的造型来引起消费者的理想欲望。例如：结婚庆典喜糖包装可以以“心”形为包装造型，来比喻心心相印、夫妻白头到老的意念；也有采用模拟商品形象让消费者见到包装形象就能体会内盛商品的魅力（见图15）。

十、以消费者定位

如果有些产品是为某些特定对象服务的，必须考虑到特定消费者的兴趣和爱好。儿童用品可以用儿童喜爱的形象（见图16），妇女用品可以用优美的有关图形形象，来引起她们的兴趣，婚庆喜糖可以采用象征性的手法，也可采用罗曼蒂克的插图手法来迎合年轻人的品位。

十一、故事情节定位

对具有历史性意义的本土著名产品就可以采用此种方法。许多欧洲国家的土特产品就是采用这种方法，以故事情景的连续出现来打动诱惑消费者。一些欧洲的设计者认为：故事本身具备着可信度的魅力，以及产生故事的历史意义，因此更能打动消费者（见图17、18）。

图13

图13 书作为订婚戒指的包装来赋予婚礼以更深层次的含义，设计师着力于典雅、温馨的包装效果以及体现产品的珍贵，又可体现送礼者的修养以及真诚之意。

图14 画面上只有品牌名称，没有任何说明，而是采用了德国纽伦堡的名胜风光和古老的风土人情告诉人们这是具有地方特色的、老字号的、著名的德国纽伦堡的土特产品。当食用完后，典雅古老的纽伦堡风光的包装又可成为具有纪念意义的艺术浮雕作品。

图15 恰当地模拟内盛物形象的包装，让消费者从包装外貌上直接体会产品那诱人的甜美。

图16 玩具包装迎合了儿童的美好愿望。

图17、18 德国纽伦堡古老传统的土特产品“爱饼”包装盒，画面采用了故事情节的设计风格。古老的建筑与古装的男女爱情场面，深沉、丰富、神秘的色彩叙述着纽伦堡土特产品的罗曼史以及悠久的历史，诱惑着您品尝这神秘的“爱饼”。

图14

图15

图16

图17

图18

图19、20、21 学生作业
野餐用品包装。

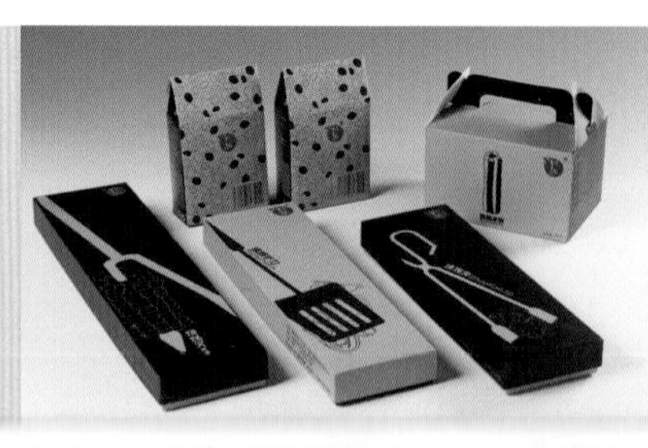

图19

图20

图21

思考与分析

1. 主次。图 19、20、21 “野趣”烧烤工具系列包装设计，根据商品的特点以中轴线为依据，构图上方的品牌文字与下方的具体图形对称地展开，在煤炭包装的背景层次上添加了平面处理的商品图形，并利用构图上方的品牌文字和外形的变化所产生的动感，使画面增加了层次与动感。画面的图形、文字、品牌和色彩的轻重、明暗、大小等均衡地进行了布局，作者试图通过协调画面各要素在主次、强弱上所产生的差异关系来取得视觉上的美感，与内盛物相配的逻辑性。

2. 对比。在这套系列包装设计中还应用对比的手段编排画面时，巧妙地应用线条与色块的对比；构图内紧外松的对比；黑与白的色彩对比；粗与细的对比；盒面构图左下角与右上角的对比；肌理的疏密等相互对比的设计要素进行处理配置，使普通的野外烧烤工具的包装设计具有了一定的视觉冲击力。

3. 力动。本书第三章中所提到的：画面的力动感存在于形态的延伸、展开趋向中，表现在要素与要素之间的平衡、对抗与冲突的关系中，这就是人们对客观事物及其运动规律的一种心理联想，也反映在解读画面过程中先后缓急的运动与规律。木炭条包装画面上的图形形态和它底部文字的安排，引导人们的视线流动，感觉这根木炭条具有一定的重量，并且赋予受众以丰富的野外烧烤时的那种吸引力，这就是所谓的动势。

本课程作业

设计一件单体包装。

要求：运用均衡、对比等的构图形式进行设计，画面要有层次感，并具有一定的视觉导向，即主次分明。

第五章

包装的结构与材料

第5章 包装的结构与材料

第一节 包装的各种类型

由于运输、堆存、销售、陈列、保护商品等的不同要求，产品的包装设计产生了不同的种类和形式。有些包装只供生产计数和装运、堆存之用，并不一定都与消费者见面。有些包装则附随产品一起卖给消费者。由其作用与用途的区别，根据我国贸易实践和国际贸易的统一规定，我们把包装划分为：运输包装、销售包装两大类。

图1

图2

图1 这是与消费者直接见面的中包装，24瓶（罐）为1箱,或者以4瓶（罐）、6瓶（罐）为一箱。采用瓦楞纸材料，制作结实，使产品能安全运输。在结构设计上注重广告效应，起到了POP的展示效果。

图2 这也属于中包装。盒体的处理新颖别致，利用两张纸的重叠部位开洞固定纸杯，并加上携带功能，内外组合便于消费者外卖时提携。

一、运输包装

外包装，又称大包装。生产部门为了方便计数、仓储、堆存、装卸和运输的需要，必须把单体的商品集中起来，装成大箱，这就是运输包装。它要求坚固耐用，不使商品受损，并要求提高使用率，在一定的体积内合理地装更多的产品。由于它一般不和消费者见面，故较少考虑它的外表设计。为方便计数及标明内在物，只以文字标记货号、品名、数量、规格、体积，以及用图形标出防潮、防火、防倒、防歪斜等要求就可以了。外包装的材料最常用的是瓦楞纸箱、麻包、竹篓、塑料筐、化纤袋、铁皮等。

中包装，也属运输包装一部分（视用途而定），它是为了计划生产和供应，有利于推销、计数和保护内包装而设计的。如10包香烟为一条，8个杯子为一盒，6瓶啤酒为一箱等等（见图1）。一般设计比较简要，单纯。这要根据是否与消费者直接见面来确定设计。但在包装本身的制作上由于不是个体的小包装，因此，必须考虑制作结实。

随着带有中包装的产品适应超级市场的销售，因此对于中包装在考虑制作结实的基础上，设计也越来越受到重视。它起到的作用往往与小包装是同等的。它的外形、图形、色彩、标记、符号同样构成了产品的外貌，代表着某种特定的商品，成为直接与消费者交流的桥梁（见图2）。

二、销售包装

俗称小包装或内包装。是紧贴产品的按一定数量包装好的，直接进入市场与消费者见面的产品包装。它的特点是在市场上的陈列展销，不需要重新包装、分配、衡量。消费者可以直接选购自己所需要和喜爱的商品。例如：化妆盒、清洁剂、香水瓶、酒瓶、牙膏盒、香皂盒、礼品盒等等，这类产品包装都起着包裹盛装产品的作用，从产品生产出来直至消费完毕始终起着保护、宣传、识别、携带、使用和体现产品个性、特性的作用，并赋予了商品与消费者对话，联络沟通思想的感情。所以，销售包装是我们设计师设计的主要对象，并且它的种类很多。有盒、瓶、袋、筒、罐、听、贴、吊牌、包装纸、腰封等等。而这些盒、瓶、袋、筒、罐等可以用纸张、玻璃、塑料、铁皮、铅皮等不同材料制作，并且同一类型的包装还可以有方、圆、多角，不规则的变化及长、扁、高、矮等多种形式。

图3 利用盒体前后开口，卡住置入的小包装，使产品能堆叠成一定的高度，即简单，又方便了消费者。

根据产品销售地区的特点划分，包装还可以分类为：

1. 内销包装：（包括运输包装，销售包装两大类）。

2. 外销包装：（在具备运输包装，销售包装两大类的同时，包装必须要适应进口国或地区的特点及需要，并要考虑长时间的海上运输等等）。

3. 特需包装：（这是针对一些军用品、工艺品、珍贵文物的特殊包装，它不但比一般包装更需要增加抗压，防震的保护产品的功能，还需要考虑到防盗的功能）。

并不是所有包装都需要大、中、小三种包装，因视需要而定。其目的都是为了保护产品。尤其是内包装及部分中包装，往往已经成为产品销售的一个部分（见图3），更应该保证其完美无损地到达消费者手里。消费者往往以包装是否破损来鉴定商品是否完好的一个标准。

第二节 包装的材料

包装材料是商品包装的物质基础，因此，了解和掌握各种包装材料的规格、性能和用途是很重要的，也是设计好包装的重要一环。

常用的包装材料有以下几种：

一、纸张

纸张是我国产品包装的主要材料，它的品种很多，主要有以下几种：

白版纸：有灰底与白底两种，质地坚固厚实，纸面平滑洁白，具有较好的挺力强度、表面强度、耐折和印刷适应性，适用于做折叠盒、五金类包装、洁具盒。也可以用于制作腰箍、吊牌、衬板及吸塑包装的底托。也由于它的价格较低，因此用途最为广泛。

铜版纸：分单面和双面两种。铜版纸主要采用木、棉纤维等高级原料精制而成。每平方米在30克至300克左右，250克以上称为铜版白卡。纸面涂有一层白色颜料、黏合剂及各种辅助添加剂组成的涂料，经超级压光，纸面洁白，平滑度高，黏着力大，防水性强，油墨印上去后能透出光亮的白底，适用于多色套版印刷。印后色彩鲜艳，层次变化丰富，图形清晰。适用于印刷礼品盒和出口产品的包装及吊牌。克度低的薄铜版纸适用于盒面纸、瓶贴、罐头贴和产品样本。

胶版纸：有单面与双面之别，胶版纸含少量的棉花和木纤维。纸面洁白光滑，但白度、紧密度、光滑度均低于铜版纸。它适用于单色凸印与胶印印刷，如信纸、信封、产品使用说明书和标签等。在用于彩印的时候，会使印刷品暗淡失色。它可以印刷简单的图形、文字后与黄版纸裱糊制盒，也可以用机器压成密瓦楞纸，置于小盒内作衬垫。

卡纸：有白卡纸、玻璃卡纸和玻璃面象牙卡纸这三种。白卡纸纸质坚挺，洁白平滑。玻璃卡纸面富有光泽。

玻璃面象牙卡纸纸面有象牙纹路。卡纸价格比较昂贵，因此一般用于礼品盒、化妆盒、酒盒、吊牌等高档产品包装。

牛皮纸：牛皮纸本身灰灰的色彩赋予它朴实憨厚感。因此只要印上一套色，就能表现出它的内在魅力。由于它价格低廉、经济实惠等优点。设计师们都喜欢采用牛皮纸作为包装袋的材料。

艺术纸：这是一种表面带有各种凹凸花纹肌理的，色彩丰富的艺术纸张。它加工特殊，因此价格昂贵。一般只用于高档的礼品包装，增加礼品的珍贵感。由于纸张表面的凹凸纹理，印刷时油墨不实地，所以不适于彩色胶印。

再生纸：它是一种绿色环保纸张，纸质疏松，初看像牛皮纸，价格低廉。由于它具备以上的优点，世界上的设计师和生产商都看好这种纸张。因此，再生纸是今后包装用纸的一个主要方向。

玻璃纸：有本色、洁白和各种彩色之分。玻璃纸很薄但具有一定的抗张性能和印刷适应性，透明度强，富有光泽。用于直接包裹商品或者包在彩色盒的外面，可以起到装潢、防尘作用。防潮玻璃纸还可以起到防潮作用。玻璃纸与塑料薄膜、铅箔复合，成为具有着三种材料特性的新型包装材料。

黄版纸：其厚度在1至3毫米左右，有较好的挺力强度。但表面粗糙，不能直接印刷，必须要有先印好的铜版纸或胶版纸裱糊在外面，才能得到装潢的效果。多用于日记本、讲义夹、文教用品的面壳内衬和低档产品的包装盒。

有光纸：主要用来印包装盒内所附的说明书或裱糊纸盒用。

过滤纸：主要用于袋泡茶的小包装。

油封纸：可用在包装的内层，对易受潮变质的商品具有一定的防潮、防锈作用。常用于糖果饼干外盒的外层保护纸，用蜡容易封口和开启。对日用五金等产品则常常加封油脂作为贴体封，以防锈蚀。

字典纸：字典纸是一种高级的薄型书写用纸，具有纸薄、强韧、耐折、纸面洁白、质地紧密平滑、微微有点透明，并有一定的抗水性能。主要用于印刷字典、经典书籍等页码较多、便于携带的书籍，这种纸对印刷工艺中的压力和墨色有较高的要求。

毛边纸：它的纸质薄而松软，淡淡的黄色，具有抗水性能和吸墨性能等特点。毛边纸只适合单面印刷，主要用于古装书籍的印刷。

浸蜡纸：它的特点为半透明、不粘、不受潮，用于香皂类的内包装衬纸。

铝箔纸：用于高档产品包装的内衬纸，可以通过凹凸印刷，产生凹凸花纹，增加立体感和富丽感，能起到防潮作用。它还具有特殊的对防止紫外线的保护作用，耐高温，保护商品原味和阻气效果好等优点。可延长商品的寿命。铝箔还被制成复合材料，广泛应用于新包装。

箱板纸（又称瓦楞纸）：它的用途广泛，可以用作运输包装和内包装。通过瓦楞机加热压有凹凸瓦楞形的纸。根据瓦楞凹凸的大小，可称为细瓦楞与粗瓦楞。一般凹凸深度为3毫米的为细瓦楞，常常作为防震直接用于玻璃器皿的挡隔纸。凹凸深度为5毫米左右的粗瓦楞纸。将这种瓦楞纸两面裱上黄版纸或牛皮纸，就成为瓦楞纸，根据质量的需要也可以裱成双层瓦楞（二层瓦楞中是一层黄版纸，上下二层是牛皮纸或者也是黄版纸）。瓦楞纸非常坚固，但轻巧。能载重耐压，还可防震、防潮。更便于运输。

护角纸板：一种新型包装材料，是纸张和黏合剂为原料经特殊加工而成的多种形状的护角纸板，如L形、U形、方形、环绕形和缓冲垫形等。具有无环境污染、可回收、增加包装强度等优点。另一个重要因素是它取代了造成环境污染的发泡塑料，同时可免去外包装纸箱。在金属板材及平板纸张包装中，由于传统包装因打包造成表面变形破损，影响了商品的质量，而护角纸板可以有效地保护商品。在纸箱中放入护角纸板，可增强其抗压强度。

二、金属

金属类具有牢固、抗压、不碎、不透气、防潮等性能，因此，金属包装为保护商品提供了良好条件。

马口铁：它是镀锌的铁皮，在完好的保护层下，金属光泽持久不变，又耐生锈。由于它自身的牢固以及便于印刷等优点，常用于高级饼干、咖啡、茶叶、巧克力和奶粉等包装盒。

铝：铝具有很大的延展性，比重小，不会产生锈蚀，光亮度持久不变，可以直接印刷等优点，因此，成为铝“冲拔罐”的材料。在铝中加上其他金属，即为铝合金。它可以增加金属的机械性能，提高抗腐蚀能力，可用于制罐、盘、杯、盖等。

三、塑料

塑料具有牢固、轻便、美观、经济等优点，尤其是可塑性强，能适应各种容器对造型的要求。形态有硬有软，透明或不透明，并可配制出各种彩色和质感。所以塑料在包装材料中占有显著的地位，随着塑料工业的发展，塑料包装正在广泛代替金属、玻璃和纸包装。

薄膜：薄膜是用各种塑料通过特殊加工制成的包装材料，具有价格低、透明性能好、保护性能好的特点，常作商品的紧缩包装。可密封防潮、防腐。在真空灭菌状态下密封，可制作软包装罐头。

聚氯乙烯薄膜：无毒并有一定的张力，透明性能好。可用于化工产品、纺织品、药品和服装等。

聚丙烯吹塑薄膜：除了以上的优点外，它还具备了耐热、绝缘等优点。被用于出口纺织品、针织品等包装。

四、玻璃

玻璃是一种比较古老的包装材料。它具有化学性能稳定、耐酸、无毒、无味、生产成本较低等优点。可制成各种形状，以及颜色透明，半透明和不透明的容器。多用于膏体、液体一类产品的容器。如大口瓶多用于果浆类商品，小口瓶多用于装高级饮料、酒类、医药用的各种针剂、片剂和药类等。但存在分量重、易打碎的缺点。

五、陶瓷

陶瓷制品是我国传统的包装容器。常用的有陶缸、瓷坛等。瓷坛适合用于装酒、泡菜和酱菜等商品。也存在着易打碎的缺点。

六、复合材料

复合材料是把几种不同的材料，通过特殊的加工工艺，把具有不同特性材料的优点结合在一起，成为一种完美的包装材料。它具有最好的保护性能，又有良好的印刷与封闭性能。复合材料的种类很多，如玻璃与塑料复合，塑料与塑料复合，铝箔与塑料复合，铝箔、塑料与玻璃纸复合，不同纸张与塑料复合等等。

七、自然材料

各种贝壳、竹、木、柳、草编织品和麻织品等，被用于土特产品和礼品包装，赋予产品一种亲切感、温馨感。

八、新型环保材料

为缓解白色污染的情况而研制的最新材料，也是今后包装材料的主要发展方向：

秸秆容器：这是利用废弃农作物秸秆等天然植物纤维，添加符合食品包装材料卫生标准的安全无毒成型剂，经独特工艺和成型方法制造的可完全降解的绿色环保产品。该产品耐油、耐热、耐酸碱、耐冷冻，价格低于纸制品。不仅杜绝了白色污染，也为秸秆的综合利用提供了一条有效途径。

侦菌薄膜：在普通食品包装薄膜表面涂覆一层特殊涂层，使其具有鉴别食物是否新鲜，有害细菌含量是否超出食品卫生标准的功能。

玉米塑料：它是美国科研人员研制出的一种易于分解的玉米塑料包装材料，是玉米粉掺入聚乙烯后制成的。并能在水中迅速溶解，可避免污染源和病毒的接触侵袭。

油菜塑料：最近英国研制成功的从制作生物聚合物的细菌中，提取了三种能产生塑料的基因，再转移到油菜的植株中。经过一段时间便产生一种塑料性聚合物液，再经提炼加工便可成为油菜塑料。丢弃后能自行分解，没有污染残留物。

小麦塑料：这是小麦粉面添加甘油、甘醇、聚硅油等混合而成。它是一种半透明的热可塑性塑料薄膜，能由微生物加以分解。

木粉塑料：近来刚由日本科技人员从松木的粉中制取多元醇，与异氰酸酯发生反应后生成聚氨酯。这种木粉塑料包装材料抗热能力较强，并可被生物分解。

CT：这是在聚丙乙烯塑料中加入大约一半数量的产自我国辽宁的滑石粉而制成的新复合材料。它不仅能耐高温，而且它的功能相当于PSP泡沫塑料制品，体积小于它的3倍，从而缓解了因体积庞大而产生的运输、储存、回收等问题。

第三节 一些基本包装类型的结构介绍

设计产品包装的造型结构，是以不同产品、不同包装材料和生产工艺技术条件为依据的，一般有以下几种类型的结构。

一、便于运输储存的包装结构

为了方便运输的储存，销售包装一般都要排列组合成中包装和运输包装，而运输包装多为方形，所以不规则造型的外面加上方形包装盒，就能方便装箱，如酒类包装和化妆品包装等。也可以通过两个或两个以上不规则的造型，组合成方体形。这样装箱时不会产生空隙，充分利用了运输包装内的空间。如（见图4）采用三角形外形的中包装，装入运输包装时可以合理地交叉装入，既便于运输储存，又符合科学原理。

设计造型时，要结构牢固，具有较好的耐冲击和抗压性能，不易被外力击破压坏，保证商品安全运输。如容器的棱角用圆角和钝角比锐角好。对一些特种工艺品等易碎商品包装的设计所作的特殊处理。如产品包装内的衬垫的厚度与种类，商品排列方法，商品在包装内的固定性能等，力求在运输中经外力撞击挤压而不至于破损。在有效地保护商品的前提下，销售包装的造型设计还应尽可能地减少不必要的包装层次，不留空位。如纸盒的合理裁切成型等，都是缩小体积的有效方法。

二、便于陈列展销的包装结构

为适应商场和超级市场里陈列展销的特点，一般有以下几种形式出现：

1. 堆叠式包装结构。为节省货架上的货位，往往要把同类产品堆叠起来展销。在金属或玻璃包装上的顶部与底部分别有两条凹凸槽，使盖的圆圈凸边与上面容器的底部内沿相吻合（见图5），这样就可以上下堆放。还可以利用在纸盒壁板底部边沿开凹槽，然后相应延长壁板顶部处作突出插入结构，当纸盒叠起时，可直接插入上面纸盒壁板底部边沿的槽口。有些高明的设计师把不同容量的容器顶部统一在一个尺寸内，或者分成几种规格的尺寸统一为国际同类产品包装结构的标准尺寸，这样使不同国家生产的不同品种和容量

图4 采用三角形外形的中包装，装入运输包装时可以合理地交叉装入，既便于运输储存，又符合科学原理。

图5

的包装容器，都能在货架上堆叠展销，而不至于滑落，同时由于堆叠使产品具有了更大的视觉冲击力。

2. 可挂式包装结构。 这种包装结构具有方便展销，充分利用商店、超市货架空间的特点作为悬挂展销，并能突出商品，成本也比较低廉。一些小五金、小文教用品及部分食品、药品、纺织品，均可采用这种结构的包装形式（见图6）。按其包装方法，有热成型盒形、袋形、套形和卡纸形等几种。热成型挂式包装是用透明的塑料薄膜或薄片覆盖或罩在背后衬有纸板的产品上，使产品和纸板成为一个整体。

盒形、袋形、套形挂式包装，一般采用塑料或者纸做成盒、袋、套形，上方开有挂孔和挂钩，包装正面用透明材料或开窗。

卡纸式挂式包装，根据产品的形状，在纸板上开若干卡口，把产品卡在上面。由于卡纸挂式包装上开孔很多，而且产品占据版面很多。要注意版面文字和图形的安排，以免破坏完整性（见图7）。

图6

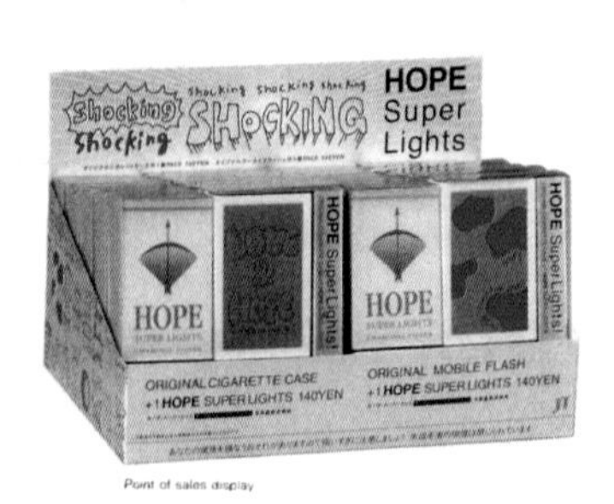

图7

图8

图5 盒体底部合理、科学的凹凸槽，使盒子可以堆叠起来，而又不至于轻易被推倒。

图6、7 这是最常见的挂式包装。产品卡在卡纸上，或者通过压膜固定产品的方法，使消费者对产品的形象一目了然。这种结构的包装既节约了包装成本，又能充分利用商场的有限空间。

3. 展开式包装结构（POP包装）。这是一种特殊结构的摇盖盒包装，利用包装盒开盒盖展示商品，增强了整体感和陈列效果。一般用在产品形象本身比较优美的包装上，在设计时必须同时考虑展开和不展开的画面。由于它具有直接展示在购买点的特点，起到了宣传作用，因此也可以称为POP包装（见图8、9）。

4. 约定俗成的包装结构。有些产品的包装已经逐渐形成某种习惯性的（传统性的）造型，不看文字，也能基本鉴别某类产品。如饮料罐头或瓶装纯净水的造型一般为长圆筒形（见图10）；鱼类罐头往往是扁方形；火腿罐头大多是马蹄形；猪肉罐头一般是方形和圆形；牛羊肉罐头大多是梯形；啤酒类罐头多用铝皮罐装（见图11）。

5. 系列型包装结构。利用包装的统一形式把某一企业的同类或不同类的产品组合成一个格调统一的、在企业 VI 理念的精神下、群体系列型包装，形成一种有利的视觉效果。由于商品的互相争奇斗艳以及种类繁多而引起的散乱，人们的视线喜欢首先落在统一、和谐、具有整体美的商品上。另外，通过商品系列化型设计的群体性，使消费者便于辨认和记忆（见图 12）。

图9

三、便于消费者使用的包装结构

包装是直接与消费者接触的，它的造型结构要便于消费者使用。并要特别注意在功能上的科学合理，结构上的牢固。

1. 携带式包装结构。以便于消费者携带而考虑的，设计时，长、宽、高度的比例要恰当。如正面稍凸，背面稍凹的小酒瓶设计，它可放在裤子后袋里。有些体积大的包装可以增加手提的结构，合理使用原材料，便于制作和生产。同时要考虑到手提的功能性，要能收能放，便于在运输中装箱时的科学性、安全性（见图 13）。

2. 易开式包装结构。具有密封结构的包装，不论是纸制、金属、玻璃、塑料的容器，在封口严密的前提下，要求开启方便。易开式包装有易开罐（见

图10

图11

图12

图13

图 8、9 利用盒盖折叠线的处理，就能折叠成为立式形态，为产品作 POP 广告。

图 10 瓶装的饮用水能使消费者对内装水的纯净感一目了然。简洁的设计并不代表是简单的设计，设计师非常智慧地把握好了瓶子与文字信息之间的关系。

图11 啤酒类罐头多用铝皮罐装。

图12 群体系列形包装具有统一、整体的效果，在展示时更能引起消费者的注意。

图13 采用软性自然材质作为手提功能，收放自如，便于运输，又与木质盒体浑然一体，产生一种朴实、憨厚之感。

图14

图15

图14 这是最常见的撕开式、易拉式，普遍应用于奶制品以及饮料类的产品中。

图 15 运用盒体上的缝纫开口，轻轻一按就能轻松自如地取出内装物品。

图16 按钮式喷雾容器包装。

图17 装饰垫与彩带的运用给普通的盒体增加了亲切感、温馨感，又由于装饰垫的作用使包装具有良好的保护性能。

图 14）、易开盒等几种。牛奶、饮料等容器基本上都采用这种方法。它包括拉环、拉片、按钮、卷开式、撕开式、扭断式等。易开式纸盒和易开式塑料盒都在盒体的上部或下部，设计一个断续的开启口或一条像拉链似的开启口，用手指一按或一撕即可打开盒子（见图 15）。

3. 喷雾式包装结构。越来越多的产品，特别是液体状的，如香水、空气清新剂、杀虫剂等，都采用了按钮式喷雾容器包装（见图 16）。它是产品不可分割的一部分，采用这种包装结构，虽然增加了成本，但由于使用方便，因此具有很强的销售力。

4. 配套包装结构。是把产品搭配成套出售的销售包装，配套包装的造型结构主要考虑可以把不同种类的产品，而在用途方面有联系的产品组织在一起销售的包装。如不同花样的毛巾、餐巾、香粉配香皂、五金工具配套等，利用产品包装造型的巧妙设计，把这些东西组合在一起，方便顾客一次购买到很多规格的商品（见图 6）。

5. 礼品包装结构。专门作为送礼用的包装为礼品包装。礼品包装的设计要求华美名贵，因此造型结构一般突破方形的，追求较强的艺术性造型，同时具有良好的保护产品的性能。为增加商品的名贵感，运用吊牌、彩带、花结、装饰垫，以增加新鲜感、亲切感（见图 17）。

6. 软包装结构。所谓软包装就是在填充或取出内装物后，容器的形状发生了变化或没有变化的包装，以管状形最多。由于软包装具有保鲜度高，轻巧，不易变潮，方便销售、运输和使用，因此食品调料、牙膏、化妆品等（见图 18）都可以采用这种包装。它所使用的材料很多是具有各种功能的复合材料制成的，如玻璃纸与铝箔复合、铝箔与聚乙烯等等。

7. 方便型小包装结构。也可称为一次性商品使用包装。体积小、结构简洁，便于打开。如星级宾馆中使用的一次性肥皂包装，茶叶的一次一包（见图 19），洗发膏一次一袋，肥皂一次一盒，淋浴帽一次性包装等。

8. 食品快餐容器结构。随着快餐的发展而快速发展起来的包装。它具有清洁、轻便、方便和随时可以直接用餐等许多优点。如肯德基、麦当劳的汉堡包装盒；冰淇淋冷饮类包装盒、杯；品种造型繁多的熟泡面碗、杯（见图 20）容器；各种咖啡随身带、饮水杯等（见图 21）。

9. 桶状结构。这是随着人们生活节奏的加快而迅速发展起来的，能盛装一定重量的带有手提结构的容器。它主要用于液体类的产品，如油、酱油类等。

图16

图17

图18

图19

图20

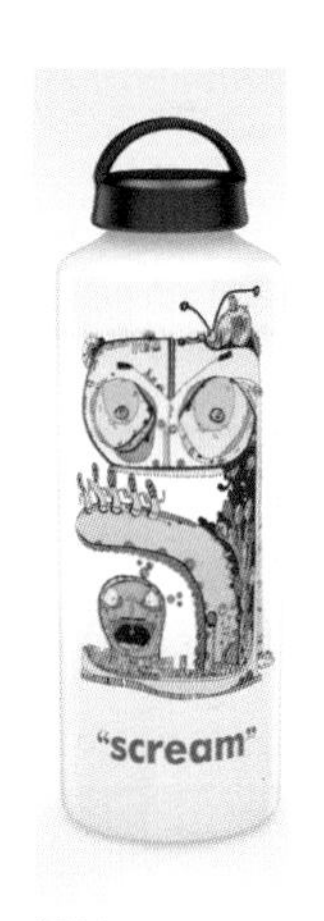

图21

由于这类包装容器大都采用透明材料，能直观内盛物，因此它的设计重点主要注重于桶体结构的造型，以及手提部位的合理性这两方面（见图 22、23）。

图18 这是最受欢迎的管状形软包装，它具有高保鲜度、轻巧、不宜受潮等优点。

图19 方便型小包装已经从普通产品发展到高档产品，分割开的茶叶包装给旅游带来了方便，每次一小包，既方便，又避免了手抓茶叶时不卫生的感觉。

图 20 纸杯，由于它轻便、不易打碎、清洁，又能随时携带、直接使用，因此是最受欢迎的快餐容器。

图21 饮水杯随身带，既方便，又卫生。

图22、23 桶状包装具有购买、携带方便以及储存的优点，又由于桶状包装一般采用透明材料，能直观内盛物的质量，在使用时桶口的合理性、科学性设计，越来越多的消费者青睐于这种结构的包装。

第四节 纸盒包装的基本知识点

一、盒体各个部位的名称和相互关系

盒体是由各个零部件组合成立体形态出现在我们的面前的。所以，了解纸盒盒体各个部位的名称将有利于我们的具体操作，它如同裁缝师傅制作服装，必须了解服装结构的各个部位一样，懂得如何称呼包装的各个结构形态，就能帮助我们在包装的各个基本零部件的基础上发挥想象力，创造出富有魅力的各种包装款式。

如图 24 所示是一款最基本的盒形，称为直线形反插式纸盒。由这款样式入手了解纸盒各个部位的名称及相互关系所产生的尺寸。

1. 纸盒的长度。通常以纸盒的开口处为基准称呼为长度，也是纸盒的第一个尺寸。

图22

图23

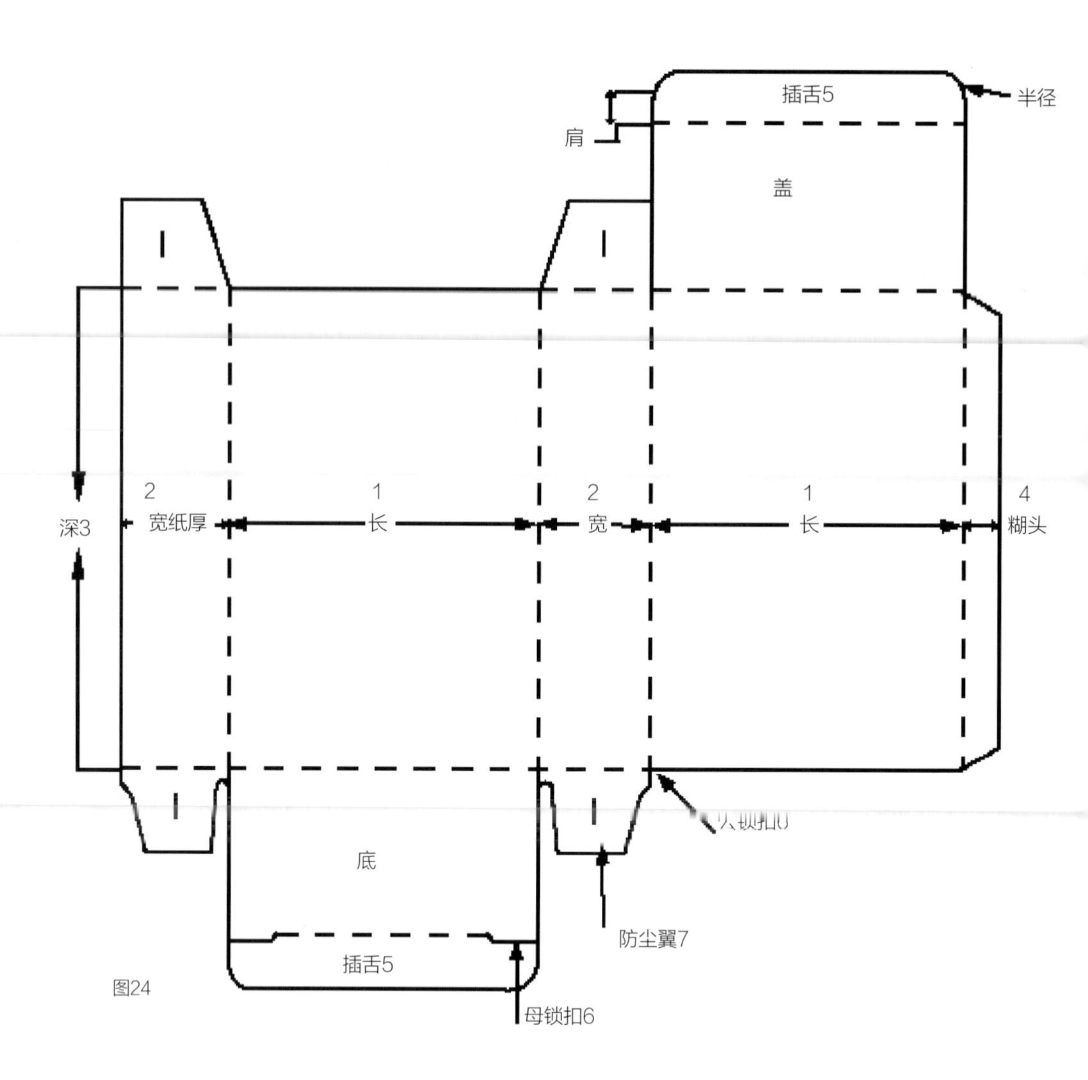

图24

2. 纸盒的宽度。宽度是以面对盒体的那个面到它的对立面的尺寸，即纸盒的第二个尺寸。注意糊头边的盒宽已经减去一张纸的厚度（根据具体实施的那张纸的厚度），其目的是为修正美观纸盒，以及安全起见。当盒体成立体形态时，盒宽的纸边不会从糊头处突出而割破消费者的手。

3. 纸盒的深度（或称为高度）。高度或称为深度就是纸盒盛装物品深度的尺寸。

4. 糊头。是纸盒成型面与面之间的交接粘合处，糊头的两个尽头处必须各向内倾斜收进15度。这样才能在糊盒后，成立体形态时不会妨碍防尘翼的盖合。糊头的宽度一般在20毫米以上，这样的尺寸才能起到一定的粘合牢固度，当然根据盒体的大小需要相应的调整，不能够套用到所有大小的盒体上应用此尺寸。

5. 插舌。插舌是连接盒盖或盒底的那部分，它插入于盒体，是固定盒盖、盒底之用的。

一般都采用摩擦式插舌，可以多次开合，而不至于损伤盒盖，对于需要多次开合的纸盒包装，都要考虑采用此种样式的插舌。插舌的肩是盒盖摩擦和受阻力的部分，肩的值越大，得到的摩擦力越多，一般5毫米就可以了。另外插舌两端的外延通常采用弧形，它的半径通常为5毫米，是插舌减去肩的尺寸。

6. 公、母锁扣。公锁扣是在插舌锁扣锁合处，它应该小于母锁扣2毫米，以确保锁合后的紧密度。母锁扣应该比公锁扣大2毫米。锁扣的处理是否到位直接影响到包装闭合后对内盛商品的保护性能，通常学生对锁扣都不太重视，把关注点都放在包装的外形设计上。好的锁扣还可以防止商品在运输中的安全性，以及消费者拿到手后不至于把内盛物滑落在地。

7. 防尘翼。它的作用既起到防止灰尘进入盒体，又可以增强盒体的承重力度，它是盒体不可缺少的重要组成部分。利用防尘翼还可以延展出许多惊人的固定内盛物的作用。

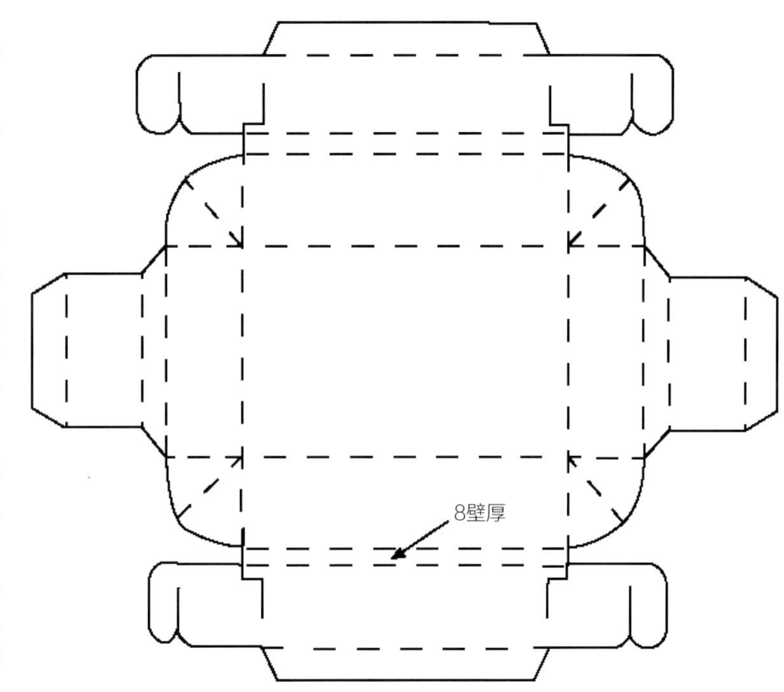

图25

8. 盒壁。如果盒体是双层的（见图25），并且采用立体感的形态，那么这个盒壁就要有厚度。这个厚度一般在8～10毫米就可以，除非在特殊情况的需要下根据实际情况可以加宽厚度。另外双层盒壁的内壁的深度尺寸要减去自身纸盒纸张的厚度，这样才能够与外壁的深度吻合，反之，会产生不平实的效果。还有连接内壁的起固定作用的压舌，它的两端的尽头处要与糊头一样必须各向内倾斜收进15度左右（视纸张厚度而决定）。

二、盒体折合线的样式和功能

如同服装的成型靠的是缝纫线，而包装的成型靠的是折叠线，这些折叠线是要靠各种变化刀模的切割、压痕，产生不同用途的折叠线。明白并学会科学地运用这些知识将有效地实现各种盒体的造型姿态（见图26）。

1. 示图中的样式1。当包装盒体某一部位需要有一个厚度时，比如前面所提到的双层盒壁，就需要用双刀一般的折合线。这种折合线的操作可以采用两片普通厚度的折线刀片轧出刀痕就可，中间留有盒体需要的厚度。

2. 示图中的样式2—7。这些都可以称为齿刀或齿刀折合线。顾名思义，所谓齿刀就是在一条折合线中，切透纸张的刀痕与轧痕相互交错连成折痕状态，或者都是由切透纸张的线条，有规律地间距成跳跃状态地形成折合线条。刀模切透的地方越多，折合起来就越轻快，但是纸张的拉力强度就降低。所以说齿刀除了能够减少折合的难度外，我们还可以把这个功能应用到需要方便撕开的纸盒包装上，如图中的水波纹切刀，波纹之间只

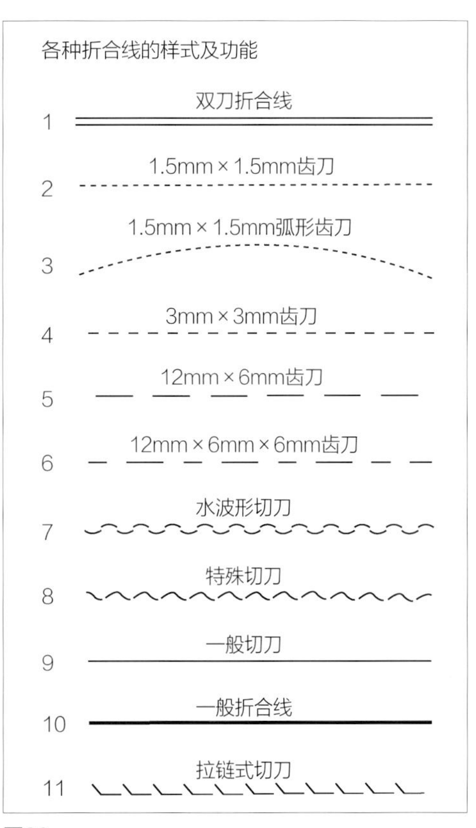

图26

图27

保留着1毫米的纸张未被切断。究竟多大的齿刀才恰当，这完全取决于包装盒设计的需要。

3. 示图中的样式8。是一种特殊的切刀，不太被常用，三角形状的切刀线之间只保留着0.8毫米纸张未被切断。

4. 示图中的样式9。是最普通的切刀线，它的功能是将纸张切断。

5. 示图中的样式10。是普通折合线，是采用一片没有刀锋的圆口钢片，经冲轧后产生一条大约2mm宽的压痕线，即折合线。

6. 示图中的样式11。是我们常常提到的拉链式切刀，它的形态呈左右两个方向而成一对，保鲜膜盒和一些需要防潮的物品纸盒基本上都采用这个样式的切刀。撕拉时必须注意方向，这样才容易拉开(见图27）。

第五节 纸盒包装的成型与结构

纸盒包装的基本成型构造，是用一张纸将商品正确合理而有机能地包住。其方法是折叠、切割、接上或粘合。通过这些方法而拥有无数形态的纸盒，从其完成的形态和制造行程上，大致上可以分为以下几种基本形态：

一、直线纸盒

直线纸盒。这种纸盒结构简单，而且盛装效力高，所以，它被广泛应用于片剂类的药品类的包装。它的生产方法是将纸皮冲压出折痕，同时切除不需要的部分，然后通过机器或手工一边折叠一边将侧面相互粘起来。它具有在使用前能折叠堆放而节省堆放空间和运输方便等优点；从纸盒结构来看，生产成本低，也是被广泛使用的一个方面。但它有一个缺点：随着盒体高度的增加，当纸盒被竖起时，可能底部会由于内盛物的重量而脱底，因此它的形体比较适合于稍为偏薄的结构。常见的有以下几种：

1. 套桶式。结构非常简单，没有盒的顶盖和底盖，单向折叠后成筒状（见图28）。普遍套装在巧克力、糖果听的外面。

2. 插入式纸盒。它是直线纸盒的代表，由于两端的插入方向不同，而分为直插式和反插式。

① 直插式（见图29）。盒的顶盖和底盖的插入结构（舌头）是在盒面的一块面上。

② 反插式（见图30）。盒的顶盖和底盖的插入结构（舌头）是在盒面、盒底的不同面上。

③ 粘合纸盒。没有插入式纸盒的插入结构，依靠黏合剂把上盖与盒体的延长部分粘合在一起。由于它少了插舌，在它的净面积里几乎没有被切掉浪费的部分，所以，它是一种最节约材料的纸盒结构。在加上在它的底盖上设计成拉链式切刀（见图27），足够成为一款既坚固，又防潮的食品包装盒。

④ 锁底式纸盒。它是在插入式纸盒的基础上发展出来的，把插入式底盖改成锁定式的结构。由于它省却了粘合工艺以及能盛放较重的产品，如化妆品、酒、药品等立式的产品，因此深受欢迎。与插入式相比，同样尺寸体积的纸盒，由于它省却了底盖的插入结构，因此更节约材料（见图31）。

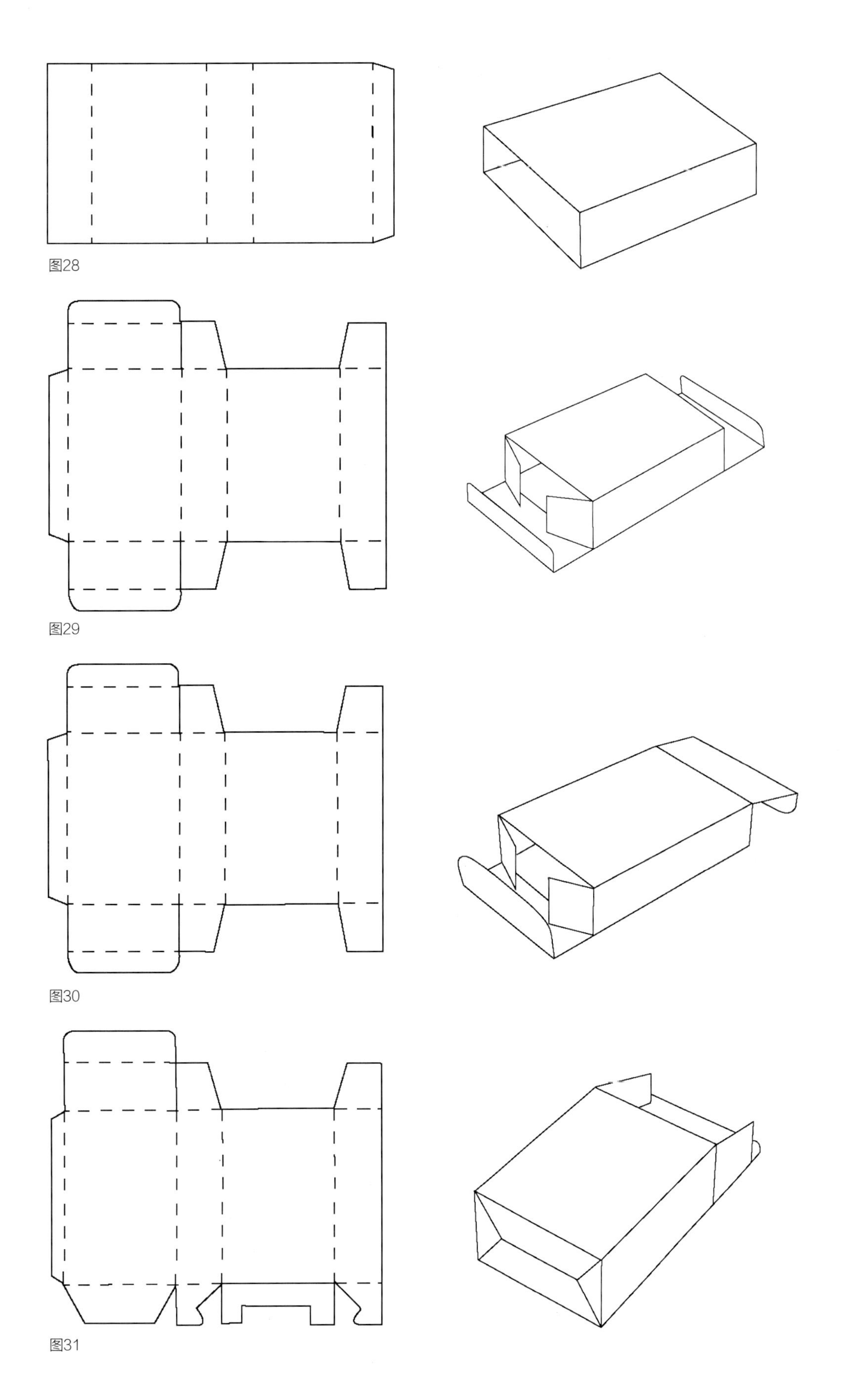

图28

图29

图30

图31

二、盘状式纸盒

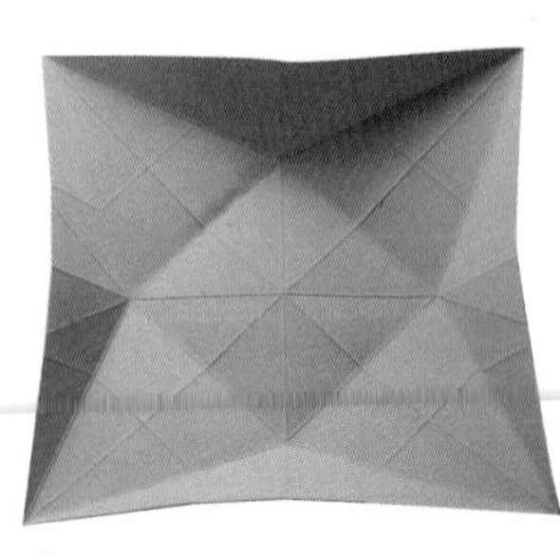
图32

盘状式纸盒，具有盘形的结构，其实除了直线形以外的纸盒大多数包装都在此种结构中。盘状式纸盒用途很广，食品、蛋糕类点心、杂货、纺织品成衣和礼品都可以采用这种包装。它的最大优点是一般不需要用黏合剂，而是用纸盒本身结构上增加切口来进行栓接和锁定的方法，使纸盒成型和封口。盘状式纸盒从结构上的区别可分为以下几种形态：

1. 折叠式纸盒。盒身面积小的利用巧妙的折叠而不用粘合成型（见图32），便于运送和库存以及经济等优点。根据使用目的改变角的折叠构造，使纸盒的折法改变，同时可产生出单件式纸盒、双件式纸盒、摇盖式纸盒等。

① 双件式纸盒（又称天地盖托盘纸盒）。这是分别用两张纸做成的两个盘子：盖子和托盘两部分。这种结构自古就被使用，很适合于所有的商品（见图 33）。

② 摇盖式纸盒。这是用一张纸做成的，托盘和盖子连在一起的结构。适合于散装饼干、糖果、土特产等的打包（见图34）。如果内盛物的深度很浅的话，可以把它发展为不用双层盒体，而又不需要粘合的小包装盒（见图35），既简单，又节约了成本。

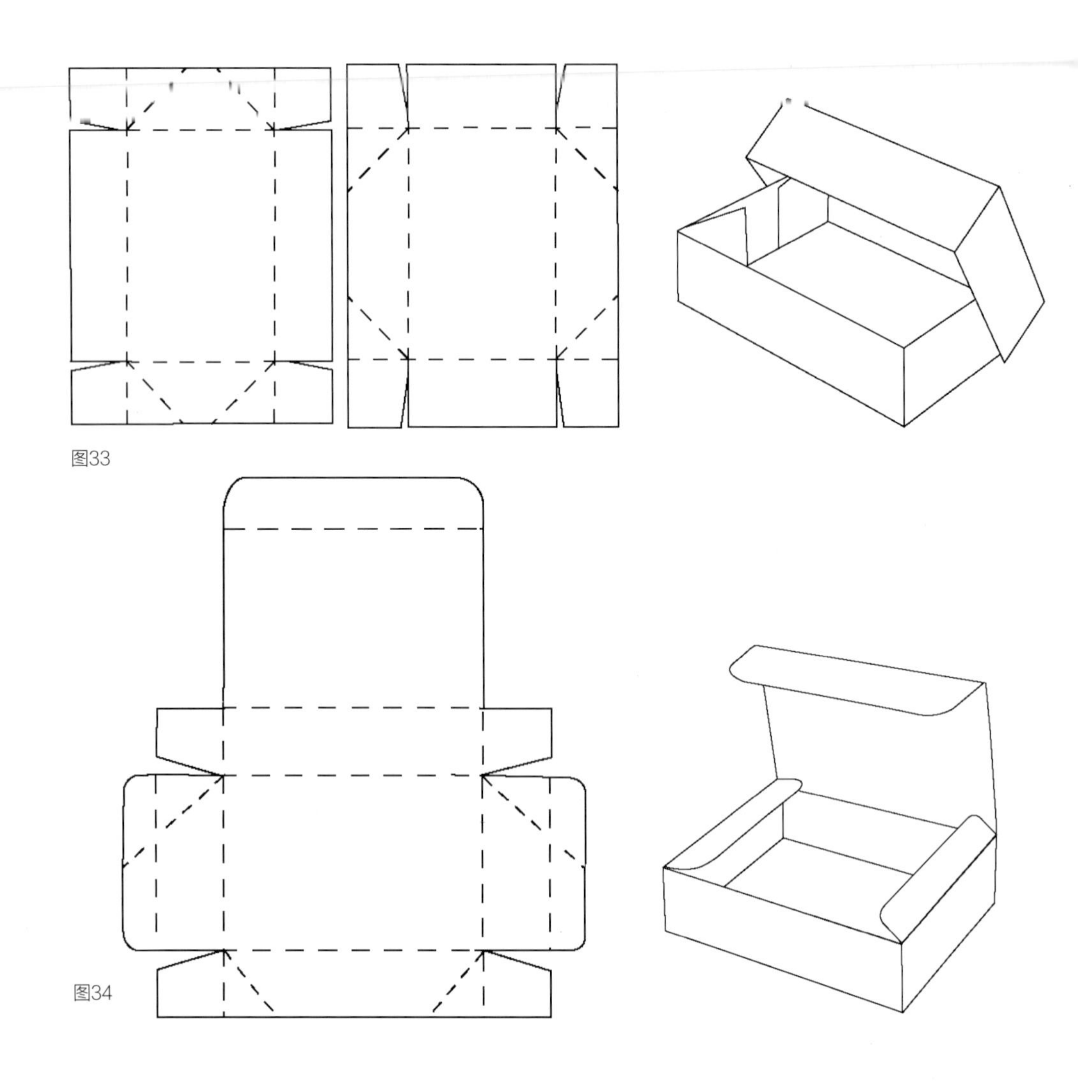
图33

图34

2. 装配式纸盒。这是不用粘贴而成的纸盒，按照它的结构可分为双层式和锁定式两种纸盒。

① 双层式纸盒。就是把四面的壁板做成双层的结构，然后把四面延长的口盖咬合起来，使壁板得以固定住，而不必用黏合剂的纸盒（见图36）。根据这种结构可以把壁板发展成带有厚度的壁板（见图37）。这种纸盒由于加固了壁板，再配以开窗或透明的顶盖，一般适合于盛放较有分量的食品糕点、礼品等（见图38）。

图35

② 锁定式纸盒。由于锁定纸盒具有它的合理性与科学性，以及省却了粘糊的工序，因此这种锁定式结构的纸盒是现在的流行趋势。最简单、最省料的方法就是在盘状纸盒的壁板处加上切口，然后稍微改动一下防尘翼的结构（见图39），就成了锁状式纸盒。

根据这个原理，我们可以延展出许多种款式的锁定结构，如：利用上下切口相互钩住成锁状口盒（见图40），利用侧口盖的延长作为锁定盒盖等等（见图41）。

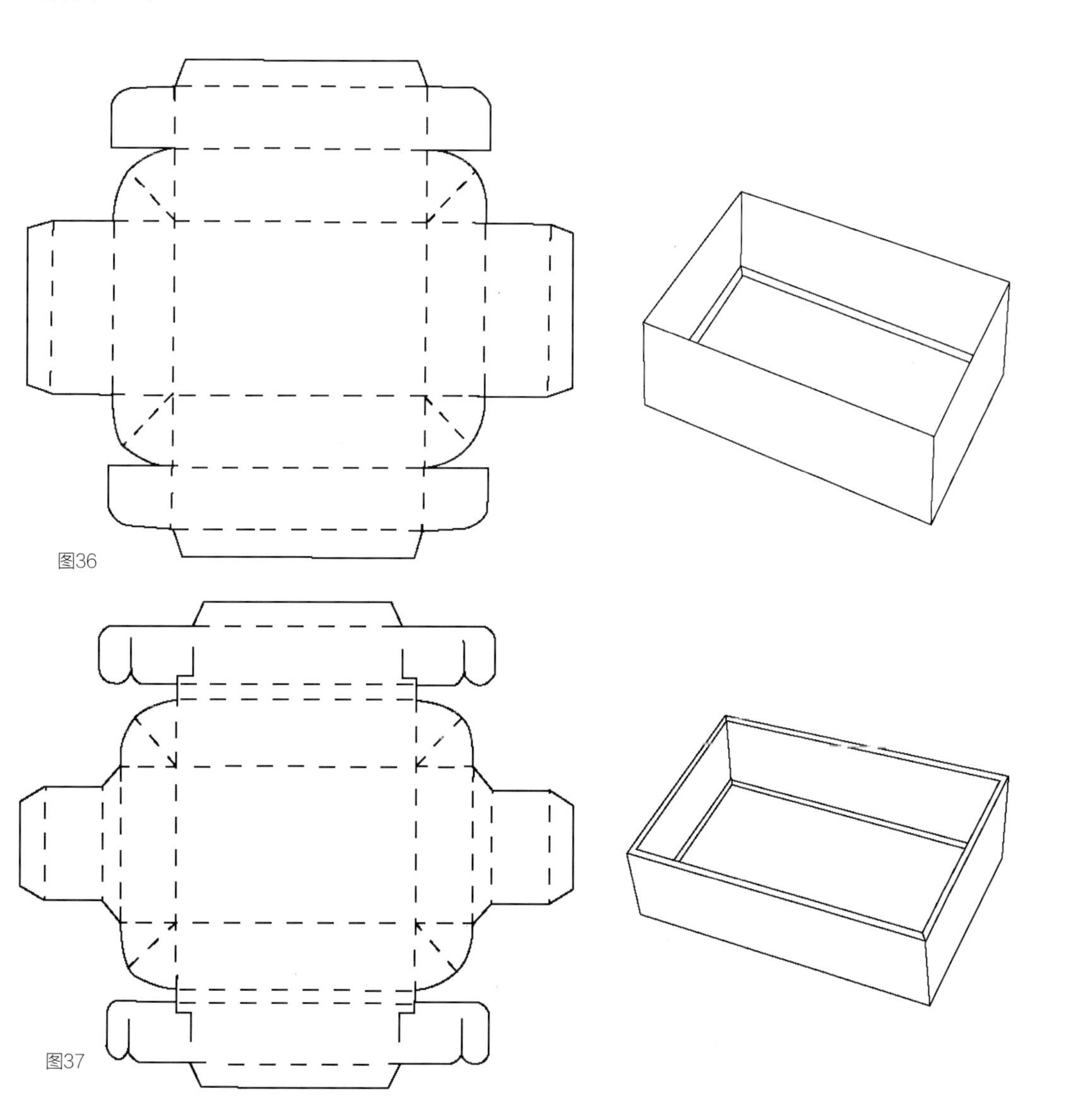
图36

图37

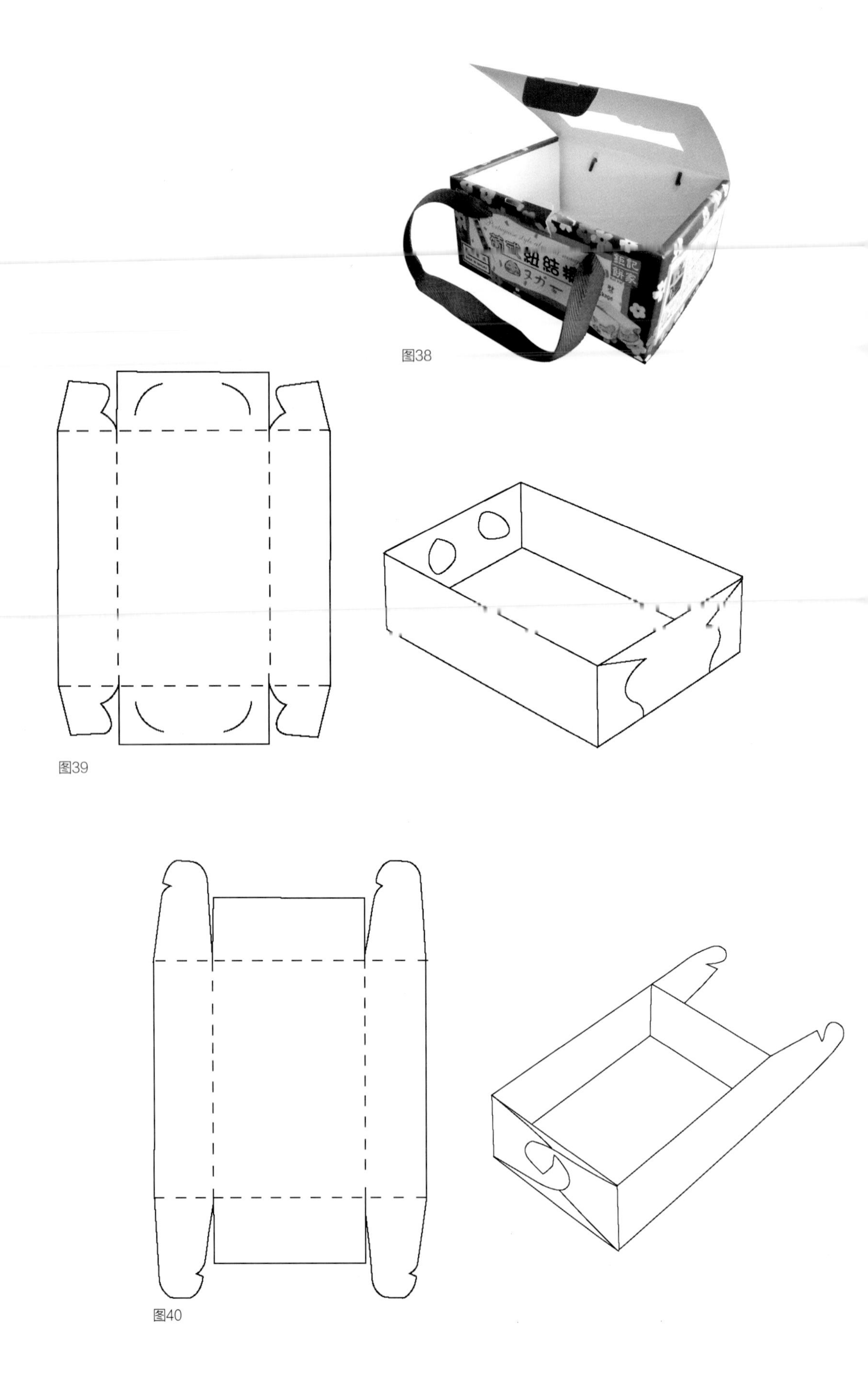

图38

图39

图40

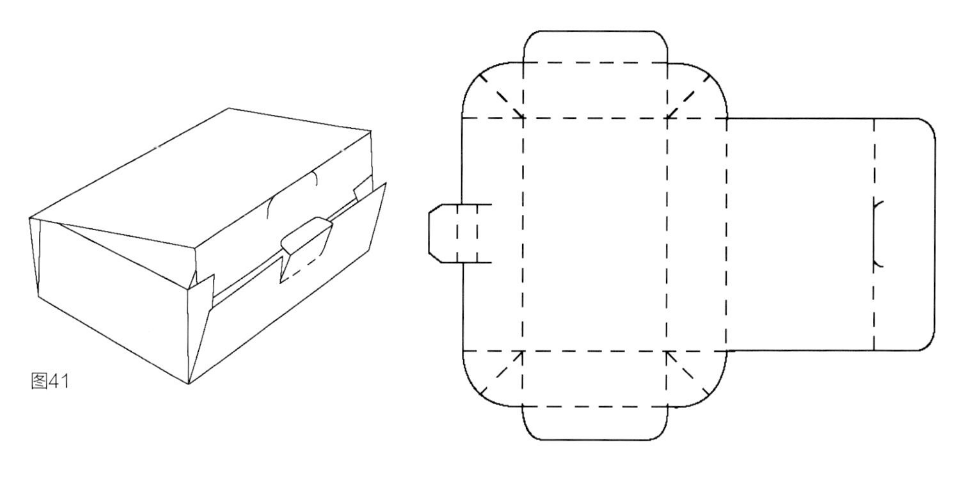

图41

三、姐妹纸盒

姐妹纸盒。姐妹盒是以两个或两个以上相同造型的纸盒在一张纸上折叠而成的，它的造型相对有趣、可爱、温馨，适合于盛放礼品和化妆品（见图42）。

四、异形纸盒

异形纸盒。由于折叠线的变化而引起了盒的结构形态变化，产生了各种奇特有趣的异形包装盒。如：因在盒体的几个面上进行了开洞，从而产生了纸盒的形态的变化（见图43）；改变纸盒本体部位的直线位子，而产生的纸盒主体的方向变化（见图44）；改变四方形纸盒的形态，并在盒体上增加折叠而产生的纸盒形态的变化（见图45）；增加面的数量时，产生了多面体的变化（见图46）。

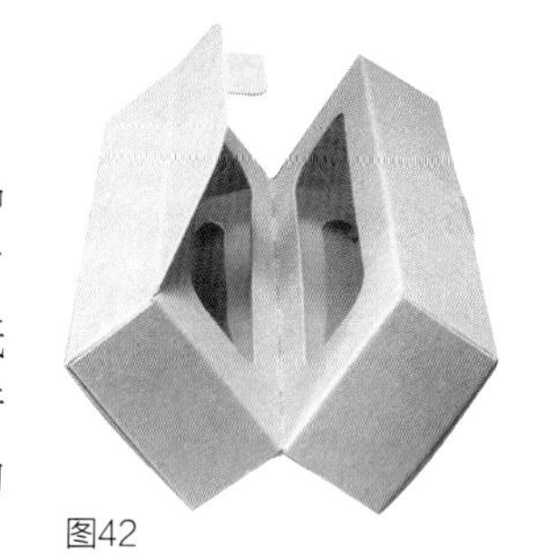

图42

五、手提纸盒

手提纸盒。这是为了方便消费者携带的纸盒，它必须具有携带的合理性：简洁、容易拿、成本低、提携的把手要能承受得了商品的重量以及又不妨碍保

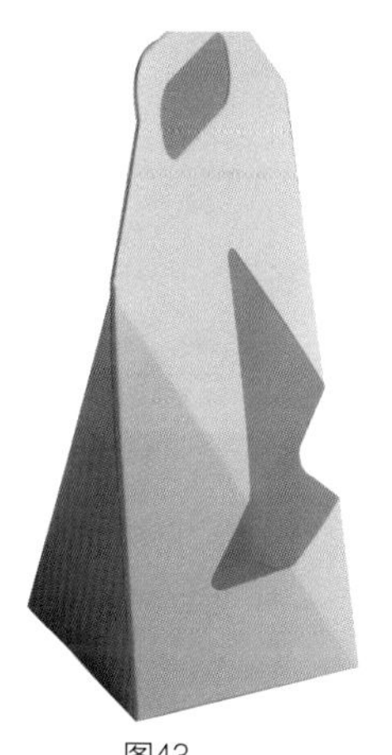

图43

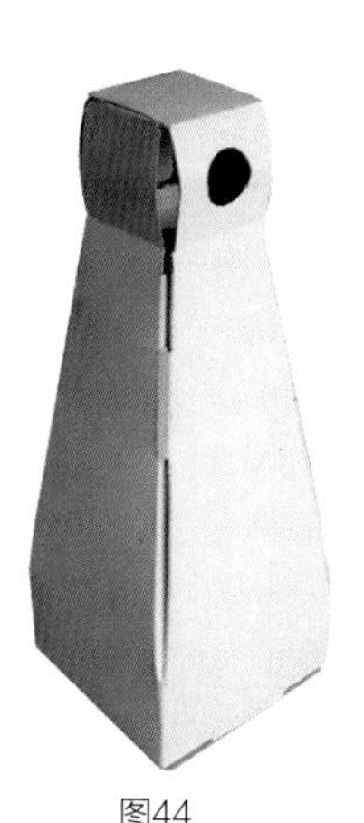

图44

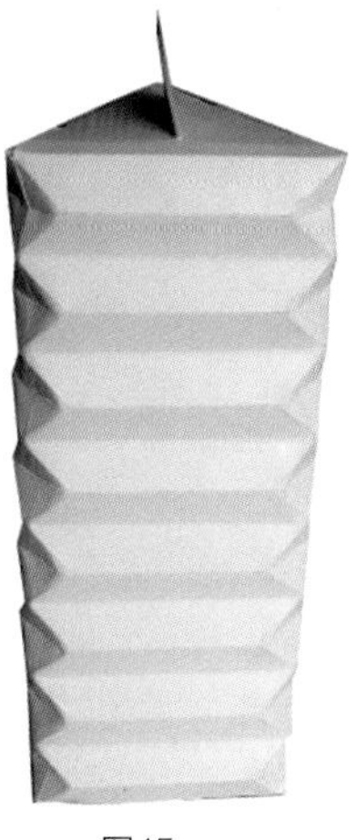

图45

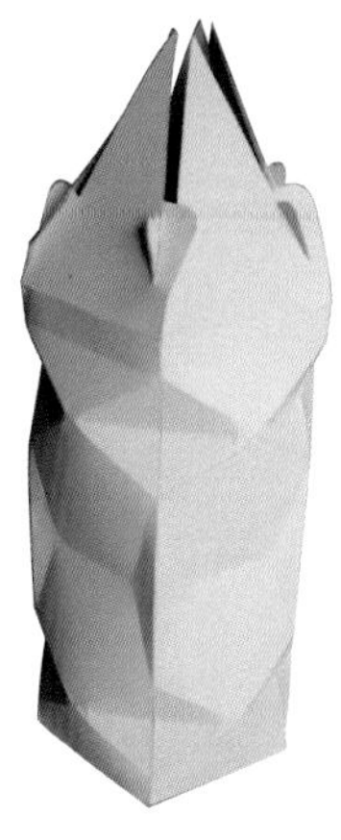

图46

图47

图48

管、堆叠。最基本的形态有：纸盒与手提结构成为一体成型的形态，装配时不用粘贴，手提的插入结构插入纸盒的某一部位，这样既坚固了纸盒，又因为纸盒内部被把手隔成前后两个空间，利用这两个空间可以放入一对产品（见图 47）。根据这种基本结构，还可发展成异形手提纸盒（见图 48）。

六、便利纸盒

便利纸盒。商品的纸盒装化随着流通方面的变化而发展的包装开封机能——易开式方法的结构已被广泛应用。由于单手就能操作取出内容物，已经成为现代消费者的时髦表现。目前有最基本的几种形态出现：

1. 缝纫机刃。这是家喻户晓的最简单的开封形式，餐巾纸盒就是采用这种缝纫机刃。可以按照纸盒的用途和目的，以及纸盒本身纸张的厚度选择针孔的间距（见图49）。

2. 拉链。这种结构的形态被用得范围非常广，可以采用在纸盒的一个面上或围绕纸盒一周的切开方法（见图 50）；还可以考虑为开封性和再封性双全的结构，如用增加壁板来作为再封性能（见图 51）。

3. 管口。这是一种最优异的结构，在纸盒的某一部位剥开粘合处，作为倒出

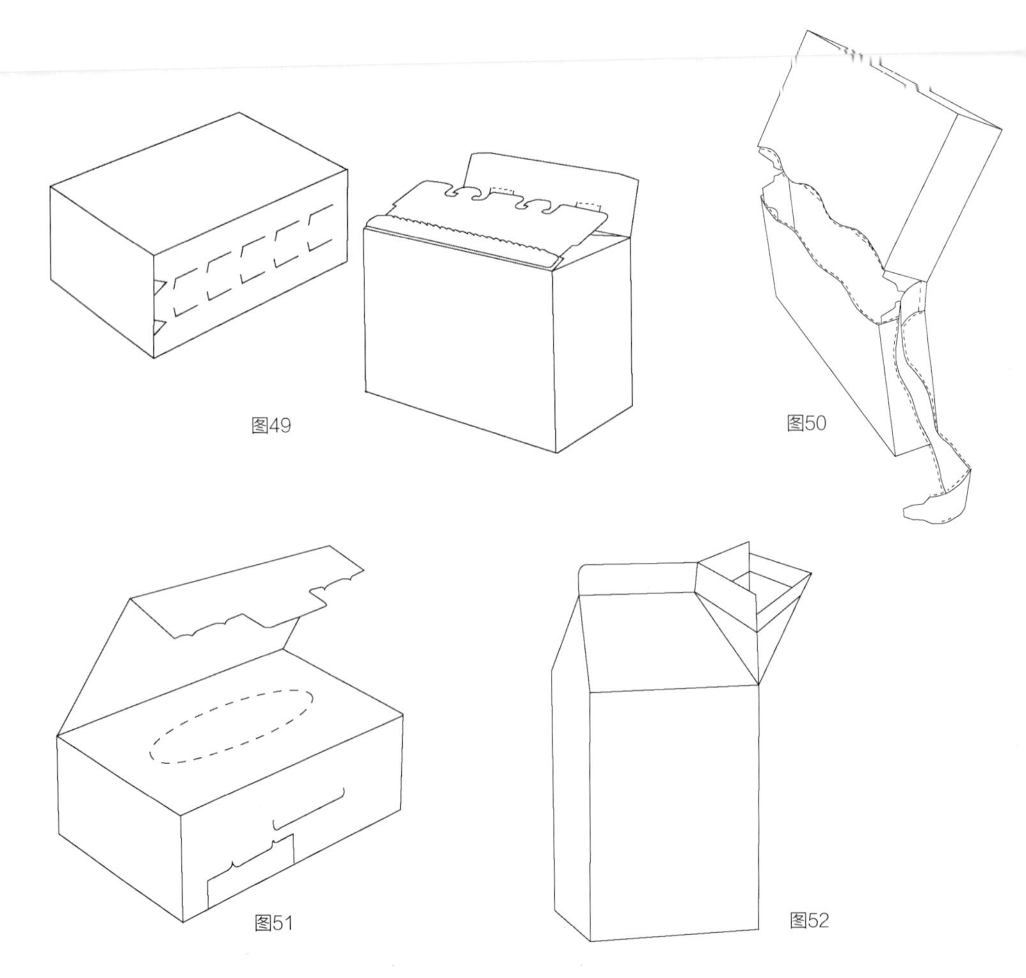
图49

图50

图51

图52

口，这种形态多用于食品液体类的容器包装，如牛奶、饮料类，或者在盒体的某一部位打洞，作为倒出口，或者插入吸管（见图 52）。

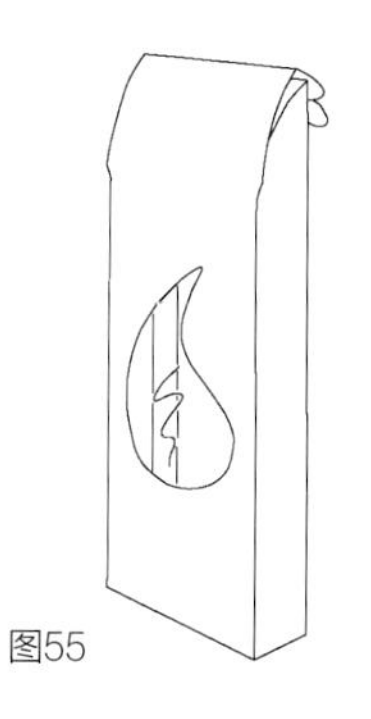
图55

七、展开式纸盒

展开式纸盒是一种能使消费者很快找到自己想要的商品的、促进销售的、起宣传广告作用的POP 纸盒。由于置放地点的不同，因此形成了以下几种基本结构的形态：

1. 延长纸盒的部分壁板，使这延长部分既可以打洞悬挂，又可以为产品作广告用（见图53）。

2. 这是一种连盖托盘体的结构，只要在盒盖上切上一条口子并联结上折叠线，就能折叠成为立式形态为产品作广告，又能展示产品（见图54）。这种结构既简单又实惠，可以说是最好的成品。

3. 通过割开壁板或挖洞，而起到既容易取出商品，又能展示商品的功能（见图55）。

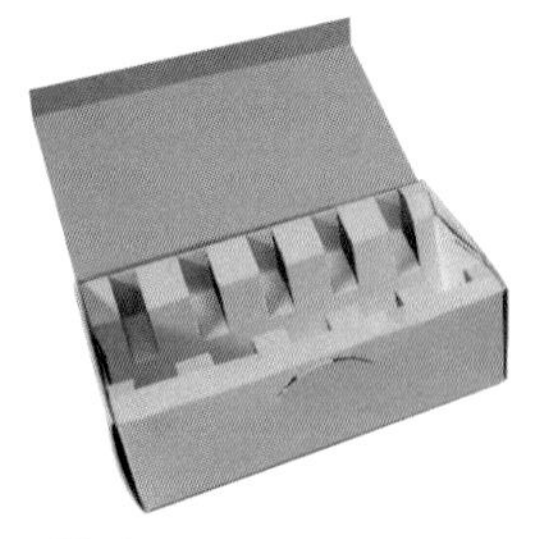
图56

八、具有搁板结构的纸盒

具有搁板结构的纸盒是以保护产品为主要机能的，在采用折叠盒的基础上要考虑设计出各种形式的间壁，搁板架等把商品隔开。这对一些易碎商品是最有效的保护手段，同时在开启后也起到了展示效果。主要以最基本的两种形态出现：

1. 延长纸盒的防尘翼，然后向内，并相向折叠后，合并成搁板之形态。纸盒内部空间的变化是随防尘翼的折叠变化而变化的（见图56）。

2. 改变纸盒的一部分，使它具有搁板的功能。利用纸盒底部壁板的改变和利用纸盒防尘壁板的延长使其产生搁板（见图57）。

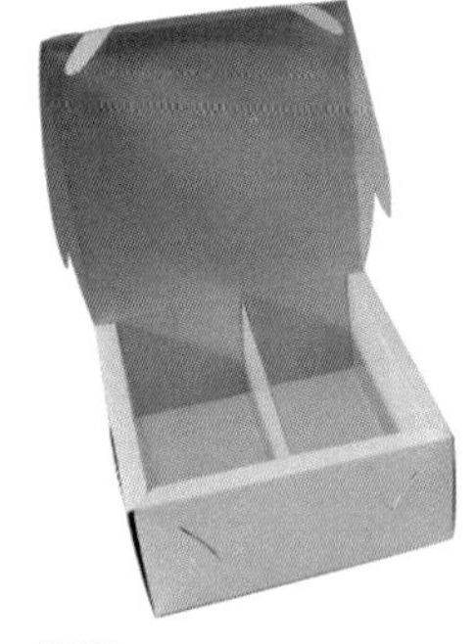
图57

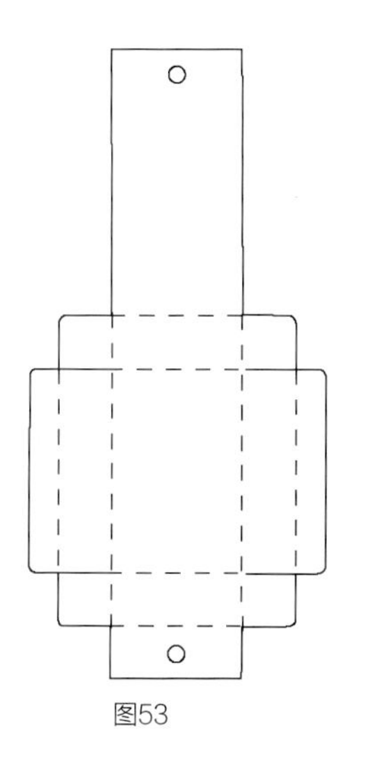
图53

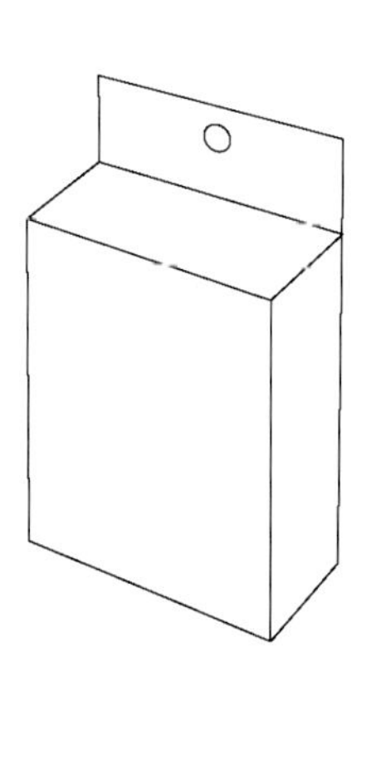

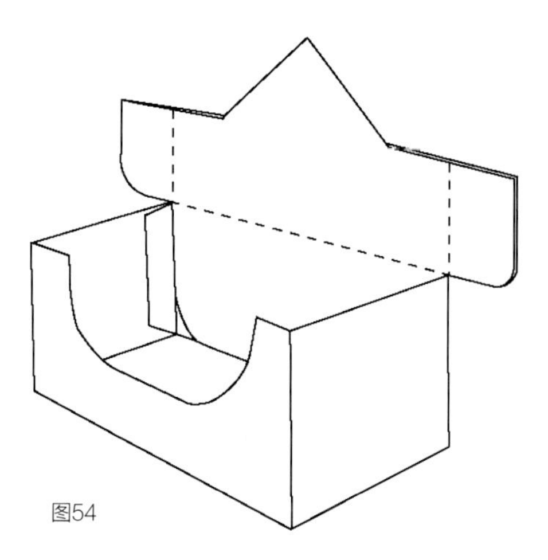
图54

九、锁定结构的几种基本构造方法

锁定结构摆脱了纸盒成型的最后一道粘合工艺，并且结构科学合理，也避免了化学黏合剂所引起的污染。因此它已经成为一种被肯定的、深受欢迎的纸盒结构。它的基本方法只需在原有的基本结构上增加切口，成为锁扣，使其连接固定。其目的有两种：1. 形成纸盒为目的；2. 能使盖子与底部锁得更紧。

连接锁扣的方法种类繁多，但就实际的问题来说，连接的位子、连接的结构都必须按照纸盒的使用机能以及对象来采取最合理、最简单，并且是最节约材料的方法才是最优异的（见图58）。

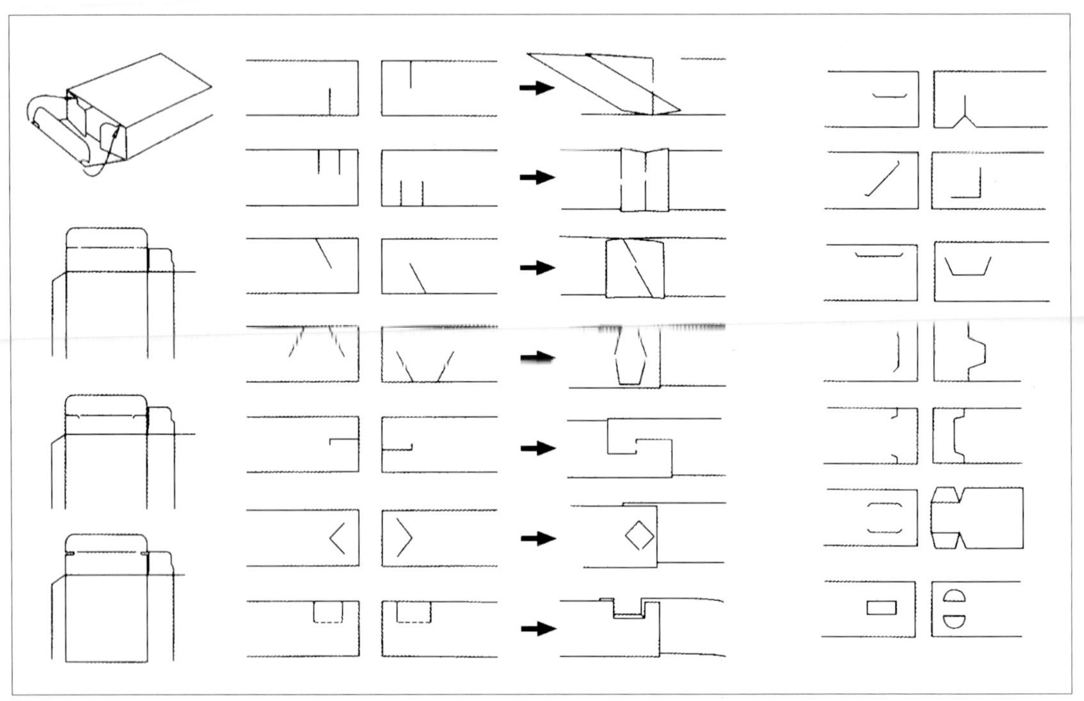

图58

图59

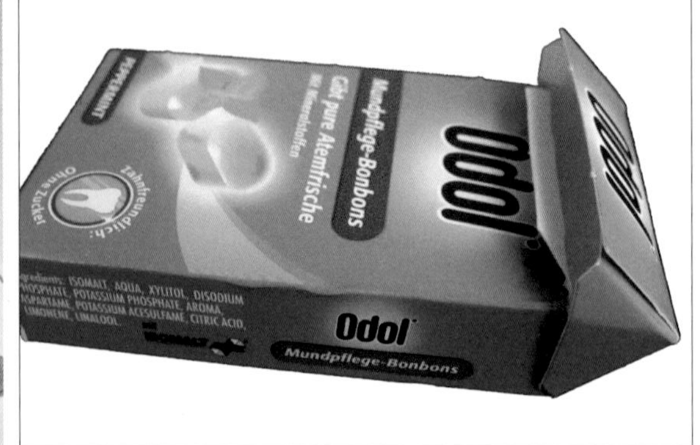

图60

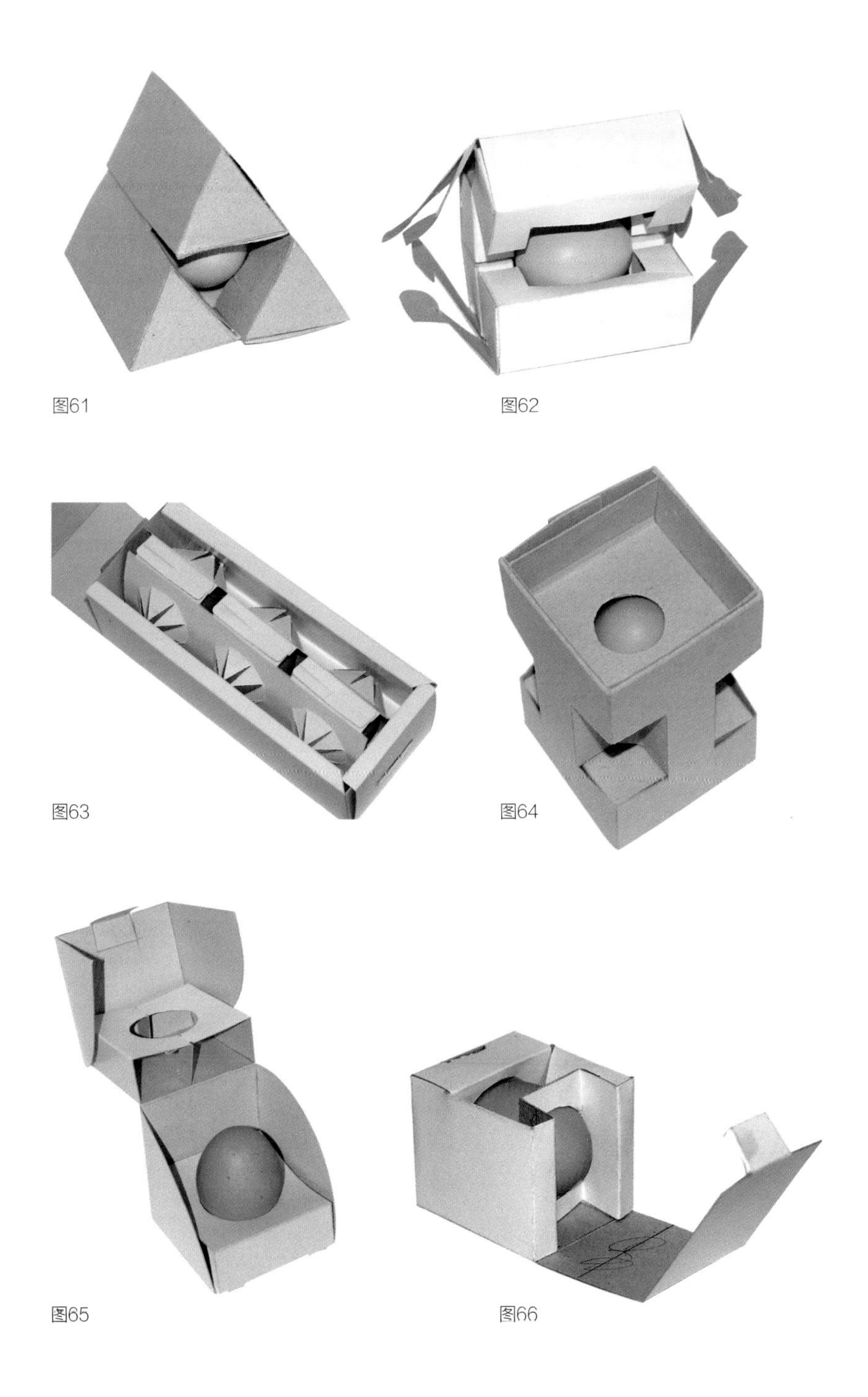
图61
图62
图63
图64
图65
图66

思考与分析

这一章节里分析讲解了一些纸盒的最基本盒样款式，但凡一切花哨的盒体都是在以上这些基本款式上发展出来的，因此，很好地掌握这些基本知识将给我们许多启示，在承接客户委托的项目时，思考包装产品结构的合理性、科学性，与包装产品外貌的设计是同等的重要。

包装的结构对陶瓷、玻璃类的易碎产品特别重要，学生作业：（见图

59）“合家欢”礼品碗碟套装礼品包装设计。这套作品不仅考虑到了纸盒结构的合理折叠卡住了碗、碟、调羹，保证了产品在运输搬运过程中不易被打碎，并且考虑到中低档产品的成本核算，利用双层纸盒盒体的内层的开刀固定产品。

“Odol”是德国的口香糖小型包装，它的绝妙之处是利用纸张的弹性，在盒体的开口处多出一个放尘翼，把它反折后，使它与盒盖成一个方向，当盒盖在打开的过程中，它起到推动盒盖和顶住盒盖的作用，使得盒内的口香糖不会往外蹦出来，而当盒盖盖上时，由于它所具有的弹性，起到固定口盖的作用（见图60）。

本课程作业

设计一个能固定易碎物品的纸盒结构包装。

要求：用一张纸完成作业，利用所学知识点：在盒体上打洞、开口、锁定结构等将内盛物固定，并可在一定的距离中甩出去掉落地上后，内盛物没有受到损伤（见图61-66）。

第六章

包装的印刷工艺与经济成本核算

第6章 包装的印刷工艺与经济成本核算

产品包装画面的设计彩稿只是一种纸上的蓝图，并不是产品包装的成品，它必须通过以下的一系列生产流程才得以实现：设计（效果图）——绘制印刷稿——分色、制版——印刷（包括轧凹凸、烫金、贴膜）——轧盒——粘合成型。

设计师要达到预期的效果，就必须在设计效果图的基础上，绘制印刷稿，然后交给印刷厂来完成制版、印刷等生产工艺。印刷是实现包装设计的最基本的、最重要的一项加工工艺。而所谓印刷就是以各种不同的方法，通过一种印版可以将文字或图形制成大量的复制品。不同的印刷工艺有不同的特点，目前纸张的印刷工艺主要有以下几种方法：铅版、铜版印刷，也可称为凸、凹版印刷；另一种是较先进的胶印印刷，也可称为平印，胶印的印刷机有小胶印机和大胶印机多种；还有柔性版印刷；丝网印刷。不管采用哪种印刷方法，由于工艺不同，所取得的效果也截然不同，设计时对设计稿的要求也不同。

第一节 绘制印刷稿

随着科技的进步，设计师省却了许多以往传统绘制印刷稿件的烦琐的操作工具和过程，已经从手工作坊式的绘制方法转为计算机桌面应用。所以，对设计软件的运用操作变得非常的重要，印刷稿绘制的质量将直接影响到印刷的效果，以及包装产品成型后的效果。

一、分辨率

绘制稿件基本上以Photoshop、Painter、Illustrator、Freehand等几个软件来完成。Photoshop、Painter主要用来处理位图图像、照片类，它几乎可以处理一切手工所达不到的，超乎想象的特殊效果，还可弥补、调整照片的某些不足之处。但是位图是由一个个像素构成的，它不能随意放大，所以，处理好图像幅面大小和分辨率平衡的关系很重要。输出分辨率是由长度单位上的像素数量来表示的，分辨率的设置应根据具体设计的需要来设置，对于普通的包装应该设置300dpi以上的分辨率，这样印出来的成品图像会展现精美柔和的调性。

Illustrator、Freehand等软件所绘制的图形是矢量图，也可称为几何图形。它克服了位图图像存在的一些弱点，运用很多个数学表达式的编程语言描述与记录直线、曲线、点等对象，所以，图形可以放大许多倍而不会影响图像的清晰度。因为不受分辨率的影响，它们可以按最高分辨率显示到输出设备上，其制作出来的图像可以局部地更改，而且不会出现图像发虚的情况。

二、对原稿材料的要求

1. 稿件的来源。包装的稿件除了直接使用绘图软件绘制外，还可以来源于其他的途径，如：反射原稿，包括照片、印刷品等；实物原稿，包括手工画稿、织物、实物等；透射原稿，包括照相底片、拷贝片等；电子原稿，包括光盘图库等。

2. 质量分析。检查原稿的方法一般采用在标准的光源下，目测观察区别原稿是否可以用于印刷稿件。许多包装成品的质量欠佳的原因主要是原稿本身质量问题所造成的，我们可以从以下几个方面来检验原稿优劣。

① 原稿密度范围。原稿密度范围是指原稿中最低密度和最高密度的差值。当原稿的密度范围与印刷所能再现的密度范围相对应时，易于把握复制过程中的对应关系。当原稿的密度范围大于印刷所能再现的密度范围时，电分工作人员要通过黑、白场定标来合理取舍需复制的密度范围。

② 原稿的层次。衡量复制品的质量有三大指标：层次、颜色、清晰度。以层次为最主要，如果原稿层次欠佳，就得不到比原稿更高质量的印刷品。正常原稿的层次应具备整个画面高、中、低调均匀，密度变化级数多，阶调丰富等特征。

③ 原稿的清晰度。除了原稿洁净、无斑痕、划痕、几何尺寸稳定等外，原稿密度范围为0.3－2.5；画面色彩平衡；图像清晰度高，人眼观察时不产生模糊感，颗粒细腻；原稿的中性灰区域经红、绿、蓝、紫滤色片测得的密度之差不大于0.01－0.03，或者在正常的视觉下不偏色为标准。

彩色桌面制版系统和电分机进行分色制版时，可利用细微层次强调旋钮或功能来提高图像的清晰度，使复制品更加逼真地反映原稿。但是如果原稿本身的清晰度不高，是不能依靠旋钮来调整的。

3. 原稿图片的扫描一般设置画面的精度为300像素，对于图片的应用最好采用原尺寸或缩小原尺寸的处理能使印刷成品达到比较精致的印刷效果。

三、调整原稿

调整的目的是对一些原稿不满意的地方进行修正、艺术加工、补偿前期工艺操作过程中对原稿的损伤等。目前原稿的调整一般都在Photoshop软件里完成。

1. 阶调调整。 阶调调整包含两个方面的含义：一是对原稿阶调进行艺术加工，满足客户对阶调复制的主观要求，如对曝光不正确的摄影稿的阶调修正；二是补偿印刷工艺过程对阶调再现的影响，为了获得满意的阶调再现，必须对其补偿。阶调通常采用阶调压缩和调整的方法，阶调压缩的重要意义还在于使原稿的阶调范围适合于印刷条件下印品所能表现的阶调范围。以上可以在Photoshop下拉菜单“图像／调整／曲线”命令里完成，以及在“颜色拾色器”里操作完成。

2. 层次的调整。原稿图像的层次分布应在扫描输入时给予确定，但是有时候会遇到一些数字图像和一些需要对层次作轻微调整的图像等，Photoshop CS下拉菜单“图像／调整／曲线”命令对其作恰当修正。对于正常曝光的原稿可以使用线性的层次曲线或稍稍提亮的层次曲线，对偏亮和偏暗的原稿就要使用非线性的层次曲线。在实际操作中应根据不同的需要和要求采取相应的曲线效果进行调整。

3. 图像颜色的调整。由于色彩在复制过程中会发生色差，所以，采用必要的校正、调整是必不可少的工艺。我们知道图像的层次和颜色是分不开的，图像颜色的深浅产生了变化，就改变了图像的层次。Photoshop CS中的色阶工具和曲线工具具有颜色的校正功能，除此之外，Photoshop CS中还有许多工具可以对颜色进行调整，例如：色彩平衡、色相／饱和度、亮度／对比度、替换颜色等，都可以在Photoshop CS下拉菜单“图像／调整”命令中找到，并根据具体要求进行选择并运用，达到理想的效果。

4. 图像清晰度的调整。清晰的图像能够给人一种赏心悦目的视觉感受，它主要体现在：能够分辨出图像线条间的区别，能够衡量线条边缘轮廓的清晰程度，能够反映出图像明暗层次间的对比或细微反差的清晰程度。在Photoshop CS下拉菜单中“滤镜／锐化”是对清晰度调整的一种重要方式。锐化和进一步锐化的功能，主要是通过提高与周围像素点的对比来提高图像的清晰度。

四、制版稿的图像色彩输出与制作要求

根据色彩学知识，所有的彩色都可以通过三个基本色混合产生，这样彩色印刷品就可以通过三个基本色：青、洋红和黄的分色调图像相互叠印而成。因此，在制作印版之前，它需要先进行颜色分解。

1. 颜色分解与色彩模式。利用软件实现设计稿的颜色分解和排版输出，在输出前还需要设置色彩模式。对于单色的包装印刷，输出单色软片就可以。但是对于彩色印刷，那就要通过分色输出成青、洋红、黄、黑四个颜色的胶片，称为四色胶片。所以，在图像设计软件 Photoshop CS 下拉菜单“图像／模式／颜色”中将图像设置为与四色印刷相匹配的 CMYK 四色模式，才能得到所需要的四色分色胶片，然后用胶片就可以制版印刷了。

2. 专色设置。当今，随着经济的发展，对包装设计的要求不断地在提高，为了更好地体现设计理念，追求盒面主要颜色的墨色饱和度和艳丽度，或者是印金、银色，可以通过设置专门的颜色（称为专色）印刷而达到目的。对专色的印色就要输出专门的分色片，输出的胶片一般是反映不出色彩的，应该附上准确的色标，作为打样和印刷过程中的参照依据。

3. 模切版的制作。在制版稿的制作中，一般将包装的模切版制作到同一个文件当中，以便于直观地进行检验，但是需要专门为模切版建立一个图层，分色输出时也必须专门输出一张单色模切版胶片，这样可以提供给厂家制作模切刀具。模切版绘制的表示方法基本与纸包装结构图的绘制方法相同。

4. 切口的设置。切口是指在印刷品印刷后切下来的那部分，一般切口必须要留3毫米。如果画稿的色块是通边而不留白边的，要放出2～3毫米的出血，这样在印刷后切割成成品的时候不会露出白边，并绘制出净尺寸线（成品线）和毛尺寸线。

5. 套准线的设置。当设计稿需要两套色以上的印刷时，必须在稿件的上

下左右的中间画出十字形的套准线，以便于制版印刷时拼版制作，以及在提供给每一块印版印刷时能够准确套准叠印在一起。

6. 条形码的制作。商品的价格、发货、进货、库存和物流环节等信息都储存在条形码中。所以，对条形码的制作和印刷要求非常高，需要设计师使用专门的软件制作。

第二节 印刷的种类

一、凸凹版印刷

凸版是将分色胶片版，通过感光药膜拷晒在铜锌版上或铅版上，然后放在硝酸溶液中进行烂版，将不需要的部分腐蚀掉，留下来的部分与腐烂掉的那部分在版子上就形成了凸出状。凸出部位经上色后直接印在纸上，就像盖印图章一样。凸版印刷具有印迹强烈、轮廓清楚浓厚、墨层坚实丰满、光泽鲜艳等特点，这是由于凸版印刷是将油墨滚在印版的凸面上，直接压印在纸张上。它使用的油墨颗粒较粗，油质较浓重，因此不太容易立即干透。在印制过程中第二套色彩要等第一套色彩的油墨干后才能印上去，否则会产生糊版。或者油墨过厚和凸版上墨厚度不均匀，会产生图形边缘糊版以及色块色层不均匀等。凸版印刷虽然能印标准四开尺寸的画面，但很难把握油墨在版面上的均匀度。

它适用于以色块、线条为主的印刷。因此一些套色不多的标签、吊牌、请帖、小包装和信纸信封等都喜欢应用凸版印刷，由于颜色厚实，会使画面图形显得有立体感和分量感。

与凸版相反，凹版的印文凹陷于版面之下，而非印纹部分则是平滑的。油墨滚在版面上以后自然落入凹陷的印纹中，随后把平滑表面上非印文部分的油墨刮擦干净，只留下凹陷印纹中的油墨，再放上纸张并使用较大的压力把凹陷印纹中的油墨印在纸上。

它的特点是使用的压力较大，印刷的油墨厚实，表现力强，层次丰富，色泽鲜艳。应用的纸张范围很广，塑料、金属箔等都可以承印，而且效果很好。由于它的制版工作较复杂，比较适应印制大批量的、常用的包装产品。

二、胶印印刷

将电子分色出的分色胶片版和PS版上的药膜感光制成印版，PS版装上印刷机，着墨后在印刷机上运转，再翻印到胶皮版上后转印到纸上，所以称为胶印。图形在PS版上是由网点形成，在机器运转时利用油水分离法使有网点的地方着油墨，然后印在胶皮滚筒上，最后转移到纸上。它用不着人工调墨（不包括印专色），是通过四色（红、黄、蓝、黑）原色的套叠来印刷，而每一色都能从100%的实版色分出80%、70%、60%至5%的网层，也就是说由网点的大小、疏密来形成色彩的深浅层次，这样来产生各种色调和色阶，如点与点之间的完全重叠就形成了实地版，而点的疏密程度来形成网层的精度。胶印油墨颗粒较细，油质轻稀，因此油墨吸得均匀而薄，并且细致柔和。如果能准确把握油墨量和水量的话，几乎能将一幅图形的色、光、空间以及设计师所追求的如实地印制出来。它印刷速度快，不受色干间隔的影响，是一次性印刷，即根据套色版的数量，上机后按颜色先后印刷的要求将版子依次排列而一次印刷。最常用的是四色车，即四套色一次印刷。现在已经发展到有六色车、七色车，印刷过程全部由计算机控制。

三、柔性版印刷

柔性版印刷。柔性版印刷是在这 10 多年里发展起来的，称为最有活力的一种印刷方法。其优点是对承印物有较大的适应性，可以在纸、塑料、金属材料上印刷，还适合超薄、超厚、表面光滑或较粗糙的材料上印刷，印刷过程中的传墨简单，油墨干燥速度快，价格便宜，所以深受欢迎。

四、丝网印刷

丝网是由蚕丝、尼龙、聚酯纤维或金属丝制作而成，把它绷在木质或金属丝制成的网框上，并使其张紧固定，再在上面涂布感光胶，并曝光后显影，使丝网上的图文部分成为通透的网孔，这时，非图文部分的网孔被感光胶封闭，因此，也可以称为孔版印刷。印刷时将油墨倒在印版的一端，用刮墨板在丝网印版上的油墨部位施加一定的压力，同时向丝网的另一端移动。在这个过程中，油墨在刮墨板的挤压下从图文部分的丝网孔中漏至承印物上，从而完成了一个颜色的印刷。

丝网印刷的优点是色调艳丽，并可承印到各种材料上，也可以在立体和曲面上印刷，如：盒、箱、罐、瓶子等。缺点是印刷速度慢，所以不适合大批量的印刷，只能适合于印制一些小批量的、较精致的产品。

五、轧凹凸、烫金、贴膜

轧凹凸、烫金、贴膜是根据印刷的要求来决定的，是印刷的特殊工艺的处理。通过凹凸印刷，在原来印刷好的图形或文字部分经上下阴阳模的压印，能使压印部位突出画面或凹进画面。烫金是通过特殊黏合剂把金箔、银箔或彩色箔印在画面上，产生闪烁的效果。如果在烫金部位再进行凹凸印的话，更能突出效果。贴膜是在印制成品上贴上一层塑料透明薄膜，分为亮膜和亚膜两种。贴上膜后能使画面具有厚实感，并能使纸盒有防潮和增加牢度的作用。由于烫金和轧凹凸是局部加工处理， 因此如果是拼版印刷的话，必须先切开成单件后才能再加工处理。

第三节 印刷前必须知道的事项

一、印前十点

（一）纸张会使颜色出现预想不到的偏差。设计师应该知道同样白色的纸张，它们之间白色的程度有偏暖或冷，因此会影响到印刷色彩的变化，比如黄色印在了偏冷的白色纸张上会使黄色偏绿，印在偏暖的白纸上会偏红。特别是对于有色艺术纸的应用，更要谨慎，做到心中有数。另外质地疏松的纸张会更吸墨，印后会有色彩暗淡感。这就是说不同纸张的表面对油墨的吸收有多有少，甚至于同一张纸在不同的印刷机上印刷实际网点也不同。空气的湿度也会对纸张产生影响。一个优秀的设计师应该懂得如何运用纸的特性来增强设计效果，最后的效果是在油墨接触纸面的时候，创造性才能够真正地体现出来。

（二）印刷不会改进摄影作品，通过制版、晒版、转印等只会使其细节更加模糊，颜色分配不均，压缩色调层次的数量等。因此摄影作品的选择必须注意三个基本原理：清晰度、颜色以及色调范围。如果摄影作品没有达到这三个基本要求宁愿不采用。但有时通过扫描可以改进摄影作品，如增加反差等。也不要忽略电子分色，通过分色时的特殊处理可以增加或削弱色彩反差度。

（三）要慎重考虑直接在摄影作品上印文字，如果一定要印的话，掌握一个有效的方法：在深度小于30%的照片上可以叠印文字，在深度大于30%的照片上可以反白字。另一个方法是避免应用细体或罗马体的字体来印刷小字，采用小黑体字直接印在照片上比较容易辨认。

（四）跨盒面的色彩改变是非常危险的，特别是对于尺寸比较大的，质量要求非常高的纸盒。即使在最好的情况下，压痕折叠也不会达到非常精确的程度。由于压痕稍有误差，在纸盒折叠时，会出现一个面的色块被折叠到了另一个面上。

（五）色彩原料的改变会改变画面的色彩，印刷油墨与桌面打印颜料是截然不同性质的原料。了解了这点，才能把握纸面印刷后的最终效果。

（六）不要惊呼印刷成品的色彩改变了计算机屏幕上显示的色彩，印刷色彩的依据是由通过印刷色谱图录中的采样后，向计算机输入正确的数据为准的。

（七）对于高质量的包装纸盒，尽量不要采取对开以上的拼版印刷。因为胶印印刷是通过横跨整个印刷机组宽度的单个墨斗将油墨传送到转动着的墨辊上，每个墨斗被独立控制和工作，网点的增大是不可避免的，尤其是对于有大面积底色的包装盒，更难控制整个对开版面上左边与右边纸盒的色彩均匀度。

（八）对于一些通过四色套叠也不可能印出来的颜色，比如深红、艳紫以及荧光色等，应该考虑增添应用专用色印刷。对于实地版大面积的底色要采取二次印刷才能使底色均匀实地不露白，同时采取一些技巧使画面更丰富耐看，如对于黑色的实地版，可采取先印一套30%蓝色，然后再印实地黑色，这样能使黑色更具厚实神秘感。要知道印刷机上用的黄色油墨几乎是透明的，不可能印出高浓度的黄色，必须考虑增加一些品红色，由此而增加了套色。

（九）贴膜能使画面增加厚实感，但会使画面的色彩稍稍变暗淡。

（十）印前打样通常采用铜版纸，由于不同的纸张与油墨接触后产生不同的色彩效果，与产品实际用纸后的实样肯定稍有差别。如果希望在印前能得到一个准确的纸盒实样，应该采用产品的实际用纸打样，但这样做会增加费用。

二、纸张的合理应用

为了便于生产、供应和符合印刷机的固定使用流程，用纸的规格有一个固定的标准。对于设计师来说应该熟悉这些规格，才能在设计时正确合理地应用纸张，这样才不会造成没有必要的浪费，做到最经济合理地利用纸张。

图2

图3

在实际使用中，最常用的纸张开数尺寸分为正度纸张尺寸和大度纸张尺寸，如以下图表所示。

单位：mm

正度纸张		大度纸张	
开数	正度尺寸	开数	大度尺寸
全开	787×1092	全开	889×1194
2开	540×780	2开	580×880
4开	390×540	4开	440×580
6开	390×543	6开	422×581
8开	270×390	8开	290×440
16开	195×270	16开	220×290

合理地使用纸张，是设计师必须考虑的。印刷时所使用的机器一般有全开纸的车、对开纸的车和4开纸的车，小型16开纸的胶印车等。为了避免浪费，设计师在设计的时候就必须考虑纸盒成品的大小尽可能符合或接近你将要决定采用何种机器时所对应的纸张开数。如果纸盒的大小只有16开或32开的话，必须把它们拼成所需要上机的开数上车，还必须在纸盒与纸盒之间留出6毫米的切割线，也就是说按制版稿的毛尺寸拼版。

图1 巧妙地借用了顶盖与底盖的套裁方法。

图2、3 画面采用了一套色，巧妙地应用了同色块在画面上的编排，使画面增添了厚重感。这种设计方法既节约了成本，又[illegible]济又美观的表现手法应用于生活用品的包装形象上，不乏是一个很好的手段。

精明的设计师会给企业带来意想不到的收益。一个精明的设计师不但懂得怎样合理应用纸张，还必须像魔术师那样懂得如何套裁纸张。试想一下如果经过套裁使原本4开纸上印刷四只纸盒成为五只纸盒的可能，那将会避免多少浪费？对于长期使用的产品包装将给企业带来更可观的收益。如图1所示就是巧妙地利用纸盒的顶盖与底盖的相互插入，以及借用插舌部位进行套裁而充分利用了纸张。

图1

三、印工及其他方面

印工常常是由印数来决定的，一般以5000张纸在机器上转一次为一个印工（不到5000算5000的原则），四个颜色转四次为四个印工。纸张的大小是以上机的开数为准，不是以纸盒的大小为准，4开上机与对开上机的印工基本上是一样的。由此，就能根据印刷的数量来合理地选择4开还是对开上机更经济节约。如果设计师能把一些由四色套印的色块设计成由专色一次印刷的话那就降低了印工成本，节约了开支。也可以应用一套色或二套色设计出既节约成本又精彩的画面，对于这种设计方法有很多作品可供借鉴（见图2、3）。

对于面积大的专色色块和面积大的实地色块，由于需要二次印刷，印工得算二套色。印金或银色印工也是算二套色。烫金、银、彩色金箔和轧凹凸印工一般算三套色，但是，是根据烫金的面积来计算的。因此设计师在设计画面的时候为节约成本起见，尽可能不要把烫金的部位与部位之间设计得太分散。例如：盒面上的烫金部位与盒背上同时有烫金的部位，并且两个部位又相距很远，由于烫金时是一起烫下来的，这样烫金面积也随之增加了，并且增加了印刷成本。

本课程作业

在前阶段设计的稿件基础上，应用软件对其制作印刷样稿。

要求：样稿必须设置：尽尺寸线，毛尺寸线，出血线，套准线，并附上刀模稿，以及设定4色印刷用的色彩模式。

第七章

各种包装设计的实践

第7章 各种包装设计的实践

第一节 化妆品包装设计

一、化妆品外包装

化妆品包装应包括美容与清洁两个方面，前者有香水、香粉、口红、洗面奶、护肤霜、护发素、染发剂、剃须膏、定型发膏、发乳等，后者有肥皂、牙膏、洗涤剂、除臭消毒剂、鞋油等。这些产品有男女通用的，也有针对女性或男性的，但它们都有一个特点：极具市场竞争性；对消费者的需求非常敏感；并富于潮流性以及超潮流性，最能反映人们在审美意识上的追求。可以说化妆品是一种时髦的体现，它是一种情调，与其他产品相比，它注重于体现气质、品位和个性，它更接近于艺术品，是几乎没有具象图形的抽象艺术，是现代消费者所追求的精神食粮。因此对于化妆品包装的设计，特别是对于美容类的更必须特别讲究。

由于化妆品的特性，包装画面设计一般注重于色彩的应用，以及品牌文字的编排，针对不同的消费群可以采用以下几种方法：

对于中年女性化妆品包装上的色彩应偏向于高雅艳丽、热情，但不失稳重的格调，并注重品牌的效应（见图1）。对于青年或少女化妆品包装上的色彩应偏向于纯情、浪漫、活跃的格调（见图2）。对于儿童类的要有呵

图1

图2

图1 高雅艳丽，追求品牌效应，又不失稳重的色彩，适合中年以上女性的品位。

图2 富于想象的画面色彩组合，构成了浪漫、多情的情调。

护、洁嫩的感觉（见图3）。对于老年类的要体现高雅庄重、神秘感。而对于男用的则要大方华贵，以及体现画面的张力和品牌的效应（见图4）。

清洁用品主要传递经济实惠、健康的信息。没有明确的消费层（除特殊情况外），色彩的选择偏向于单纯统一、洁净的格调（见图5）。目前还有一种环保的清洁用品（见图6），它的设计一般倾向于以简洁的文案作为画面的设计元素。

化妆品包装的材料应用也是不能忽视的，须细心选择，恰当搭配。其制作工艺力求精美。其中创品牌的产品往往采用系列化包装或同类产品配套包装（见图7）。

图3

二、化妆品容器

化妆品一般在消费者购物后往往对容器需要保存很长一段时间，直至用完内装膏体或液体等，因此，在设计时更应从化妆品容器与外包装的整体性考虑，力求脱颖而出、独树一帜，并具有鲜明的个性表现。

化妆品容器的造型可说是千变万化，但不论是什么样的造型，总有一定的基本形体，这些形体各自都具有不同的特点与个性：

立方体，立方体给人以端庄稳重、朴实感，并具有一定的张力。因此，比较适合于男用化妆品的容器包装。

圆球体，圆球体具有饱满感、动感，充满活力。因此，比较适合于年轻人的化妆品容器设计。

图3 粉色、温馨、简洁而又轻快的色彩调子体现了对儿童的呵护，也可感觉儿童的洁嫩。

图4 这是一款运动型的男士护肤品，为了在众多产品中脱颖而出，设计师考虑到产品的整体色彩和造型与产品使用者的关系。黑色与强健的外形很好地表达出了产品特质，这套“9.60产品系列”显然在视觉上做到了这点。而它的名字9.60也让人联想到了短跑等运动的成绩。

图5 单纯统一、洁净的格调是清洁用品设计的定位方向。

图6 无水清洁用品，是时下最提倡的绿色环保产品。

图7 这是一套“BUTA'I”女性化妆品系列的包装，它们分别有护手霜、洗面奶等。包装上的图形选择了枝叶、花草的剪影造型作为主要视觉重点，变化和统一的图形使得系列包装既有序列感又有微妙的变化，完美地体现了女性的柔美和雅致，同时也非常符合VI设计的理念。

图4

图5

图6

图7

圆锥体、圆柱体，圆锥体和圆柱体具有稳定感、挺拔感，并带有典雅、高贵的感觉（见图 8）。因此，它比较适合应用于中年以上的、文化型消费者使用的化妆品容器设计。

仿生形体，仿生形体模仿植物、动物、昆虫、人物等自然生物形态。当今社会人们追求绿色环保，对自然环境的眷恋，因此而出现了许多仿生形态造型的化妆品容器包装设计（见图 9）。

抽象形体，抽象形体是非理性的不规则形态，带有浪漫、想象的情感色彩。因此，它比较适应于追星族和思想比较开放的消费者的化妆品容器设计（见图 10）。

第二节 礼品包装设计

图9

礼品的包装传递的信息具有双重性：既要有产品信息的传递，又要有增进人与人之间感情交流的信息。礼品包装是富有人情味的包装设计题材，设计处理有较大的灵活性。在行销中倾向于买情面、买面子、买身份等软件消费需求，因此受到成本及材料的限制较少。基于以上的特点，根据礼品的类别，在画面的设计上偏向于装饰意味、高雅的情调以及设色要有欢庆快乐、温馨之感而又不失整体效果。在包装的造型上注重了较强的艺术性、追求名贵，体现送礼者的身份及涵养。同时要有良好的保护产品的性能。

礼品包装除了特别为节日庆典而设计的之外，更多的是专门为消费者赠送方便而特别设计的，因此可以把一些有一定分量的礼品包装盒设计成精美的小型手提盒或中型的手提盒。对一些轻巧的礼品盒，可以应用精美的吊牌、彩带、花结、装饰衬垫作为装饰物，以增加欢乐之情和表达送礼者的真诚之意（见图 11）。

在渲染礼品的高贵气氛的同时还应该考虑到，当受礼人准备打开包装的这个过程中，能享受到一种舒适的情趣。因此，礼品包装非常注重于空间的运用，空间的运用关系到设计的水平和深度。生活中的大多数人讨厌处在拥挤不堪的困境中，而喜爱令人心旷神怡的广阔天地，追求从空间中感受舒

图8 圆柱体具有稳定感、挺拔感，加上瓶体的雕塑般的自然图形的设计，更增添了典雅、高贵的气质。

图9 仿生形体的设计风格给产品增添了自然、绿色的理念。

图10 学生作业（石膏模拟）对基本形体进行切割后产生了面的变化，赋予单纯的形体以非常个性化的“烂漫”的感觉。

图8

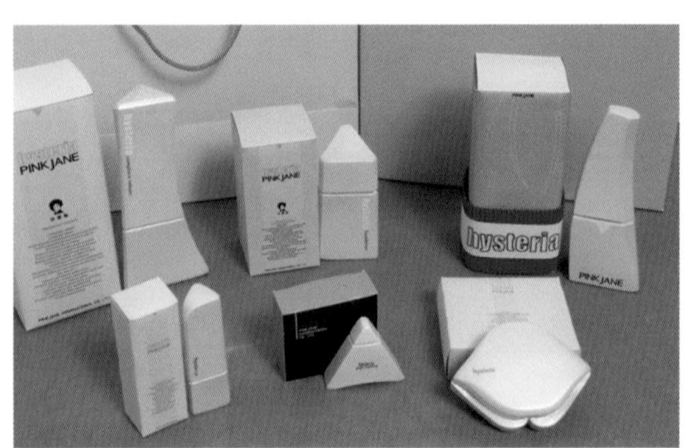

图10

适，并能产生种种联想。这说明了为什么许多高档的礼品包装的设计在画面空间的运用上都考虑得比较多。“FERRERO”巧克力礼品包装在构图中的空间运用正是起着烘托与加强主体的作用，并充分给人以视觉感受和情感作用（见图12）。

另外，礼品包装还要注重适应性。一般来说礼品都是馈赠给亲朋好友的，而往往亲朋好友的居住所在地是各不相同的，甚至于有些礼品是赠送给远隔重洋的好友的。因此，设计师在设计礼品包装时不仅需要注意对产品和市场方面的适应性，还要注意对礼品销往国家、地区、民族的特定风尚习惯的适应性，以及人们对事物的好恶习惯、审美情趣等。因此，把礼品包装设计成为有个性特点、具有创意又美观的物品是很重要的（见图 13、14）。

第三节 食品包装设计

食品包装可以分为许多种：有液体类包装，如食用油、调料、饮料、酒等，主要以罐、瓶等为主要容器形式；有固体类包装，如油炸烘烤食品、干果蜜饯、糖果香烟等，主要以各种纸盒、塑料罐或复合膜袋为包装形式；有保健品类包装，如颗粒状的、粉状的、液体的、膏体的等，主要以各种纸盒、复合压膜、瓶罐为包装形式。

图13

图11

图12

图14

图 11 丰富多层次的花结使礼品增添了精致感，表达了送礼者的真诚之意，并赋予普通礼品以神秘的情趣。

图12 “FERRERO”巧克力礼品包装，在构图中的空间运用正是起着烘托与加强主体的作用，并充分给人以视觉感受和情感作用。

图13 皮质的添加给礼品增添了高贵之感，又体现了送礼者的地位以及真诚之意。

图14 高端威士忌酒，设计师希望通过精致的酒标和优美的瓶子的曲线表现出其卓越的品牌，金属感的印刷提升了产品的档次，是送礼的最佳选择之一。

一、液体类食品包装

液体类的食品一般都以透明的瓶罐包装为主，目的是能让消费者对内装物的成色和质量一目了然，消费者往往以产品的颜色来判断该产品的味觉与新鲜度，一些有经验的品尝家可以根据酒的颜色而得知这是多少年的陈酒。因此，对于该产品的包装设计以瓶、罐的贴纸为多见，或者直接印刷在瓶、罐上（见图15），礼品类的外面还要加上盒子。

由于液体包装已经具备了能让消费者感知产品的特点，设计师在设计此类产品的画面时一般采用抽象图形和意象图形的手法。以点、线、面几何图形构成的抽象图形可以表现得更概括、简洁、新颖，更具现代感。通过抽象图形产生的感觉可以产生联想的信息（见图16）。应用意象图形是从人的主观意念出发，采用具象的形式表示实际并不存在的形象。它是具象的抽象，是抽象的具象，会给人以独特的形象感受，是人们头脑中的美好愿望。如饮料类包装，应用大自然环境中清澈的泉水,或者自然景色给人以纯净、绿色的感觉（见图17）。

在色彩的应用上，如果采用的材料是不透明的，一般在包装上采用产品的色彩来再现产品，使消费者从外包装上就能体验到产品。如可口可乐包装一般不会应用冷色作为包装的主体色彩（见图18），牛奶包装上的色彩一般不会应用暖色调作为它的主体色彩（见图19）。而透明器具上的贴纸设计所采用的主体色调要根据贴纸的大小，以及与器具之间的比例关系，产品的特性来决定。

图15

图16

图17

图18

图19

图15 直接印制在瓶体或罐体上的设计。

图16 抽象的图形与瓶体的直线形线条相得益彰，使人产生美好的幻想。

图17 以自然色为主调的包装形象设计具有直观的效果，体现出水的概念。品牌名和logo的形象，更是增添了对商品的信任感。

图18 可口可乐的包装形象永远都追随着它的VI精神理念。

图19 田野风光的色调是牛奶包装插图色彩的最佳选择。

二、固体类食品包装

固体类的食品包装种类繁多，从烘烤油炸饼干到各种糖果和土特产品，消费对象比较广，因此包装一般为大众化的设计，其主要特点为：

为了体现食品的内涵：健康、有助成长、营养等方面的特性，画面比较活泼，有动感，十分注意产品品牌在包装立面上的视觉强度，在大小处理上讲究对比，视觉密度高；包装上的图形一般以写实性的摄影或插图风格绘制，强调消费者对产品的直接感受（见图20）。或者以富有生活气息的抽象图形，给受众带来富有想象力的情感，激发人们的情绪，产生分享满足之乐的向往（见图21）。

色彩的处理上注意与产品本身的色彩有所联系，以及与产品的味觉有联系的色彩，如应用人们对色彩的感觉来表现某些食品的甜、酸、苦、辣等不同的味觉，并且每种产品常常都有自己特定的色彩序列和制作工艺（见图22），运用一些鲜艳夺目的产品宣传用语和某一场景来活跃画面，吸引观众也是一个设计技巧。

有些食品，如土特产、月饼等，常常被人当做礼品，所以在包装设计方面，更多地倾向于礼品包装，在信息的配置、产品形象的处理上都与一般食品包装不同，较倾向于抽象的表现手法，以及具有民族特色的色彩（见图23、24）。

图20

图21

图20 包装的色彩与食品的色彩融为一体，使普通的食品增添了诱惑力，制作工艺的场景和粗壮夺目的文字给消费者以信任感。

图21 画面上抽象的图形处理，激发着人们的情绪，产生分享满足之乐的向往。

图22 色彩的处理上注意与产品本身的味觉有联系的色彩。

图23 包装以其出产地的民族特点为画面的整体设计的格调。

图24 虽然是中国的月饼包装，但它的产地是泰国。从画面选择的图形风格和色彩的风格上来看，都摆脱不了泰国的民族风味。

图22

图23

图24

三、保健食品包装

随着人们生活水平的不断提高，人们对保健食品的需求量越来越多，市场上有关这类产品的包装也越来越多。另外，保健品是一种强身健脑等的特殊食品，消费者除了自己食用外，还把它作为礼品馈赠给亲友，可以说它也是一种精神食粮。一般情况下，内装物品不直接与消费者见面。它所具有的这些性质决定了设计师在设计此类商品时，特别注重于它的外包装设计。

对于一些抽象的保健食品包装的设计，一般采用较为含蓄的借助表现法，如应用腾跳的鲸鱼形象来表达常服深海鱼肝油能保持强健的身体。又如，应用在自然景色中运动的景色作为“白蘭氏”鸡精包装上的主体图形，含蓄地告诉消费者“白蘭氏”鸡精的原鸡是在最适合活动的自然空间中成长的，因此它最能使你保持身体健康（见图25）。

图25

另一方面，保健食品对于消费者来说并不是一定要买的日常食品，因此要打动消费者的心，在包装形象上一定要具有象征意义，使人产生对内在商品的美好联想，有助于增进人们对内在商品的了解、认识和信任（见图26、27）。

由于食品包装是种类最繁多的商品，为迎合各种消费者的口味，食品包装设计除了以上的信息表现特征之外，还需体现各自的特色，即形象表现。虽然信息内容也有特色因素，形象形式更有特征因素。但是特征与特色并不是一个概念。如同两份烤牛排，它们的特征都是牛排，但是它们各自的特色是一份带有辣味，而另一份是糖醋的。所谓特色就是侧重在个性表现的差异性，但又不能削弱特征的典型性，它们不仅在于图形、色彩、字体等局部形象的处理，更应注意整体效果的把握。

第四节 文化用品包装设计

文化用品的范围很大，主要有各种笔、绘图工具、胶带、胶水、墨水、美术颜料、各种专用纸张等。

笔有多种样式与用途，它们的包装在风格上也有很大区别。高档钢笔、圆珠笔或者是铅笔，通常这些包装十分简洁，但材质高级典雅（见图28），而普通的水笔、圆珠笔包装就比较活泼，色调具有一定的文化气息，强调现代感。蜡笔、美术用水笔、油性笔、色粉笔则色调强烈，常常配有一定的艺术性插图，显示这些产品的用途（见图29）。

图25 包装上野外运动的自然景色充分说明了“白蘭氏”鸡精是在自然环境中饲养的。

图26、27 两个性质相同的保健产品，但不同的表现方法把人参的抽象概念表现了出来。

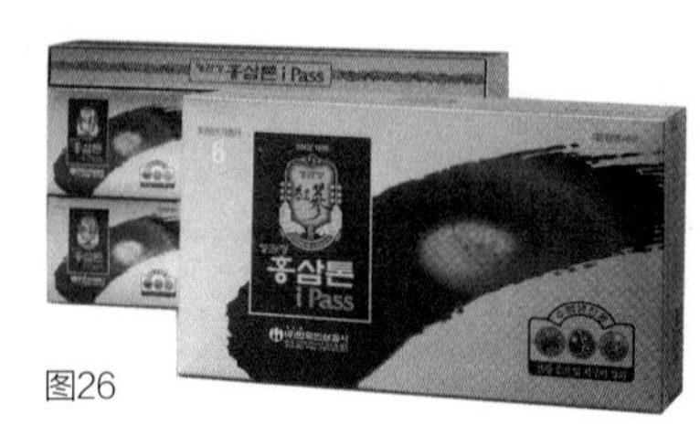

图26

图27

图28 简洁的材料作包装，给朴实的产品增添了典雅感。

图29 盒面上的艺术性很强的插图暗示着颜料的用途，又丰富渲染了画面气氛。

图30、31 运用了一些中国的绘画"墨晕"要素进行设计，充分体现了内盛产品的直观感受。

图28

图29

图30

图31

还有一些绘画材料的包装，如：中国的特产——墨汁，往往运用了一些中国的绘画与书法的要素进行设计(见图30），宣纸的包装上也运用了同样的表现方法(见图31）。

美术颜料的外包装风格与美术用水笔相近，但各种锡管包装（现在常常用塑料管代替）与瓶包装则一般设计简洁、色调明快，强调品牌与标准化的编排。

胶带类产品目前种类越来越多，在国外它们常常以系列的方式出现在超级市场的货架上。世界著名的"SCOCH"公司的产品包装运用了透明薄膜将产品固定在标牌上，标牌则使用了统一的色彩、辅助图形与编排等视觉要素，是这类产品包装的一个很典型的例子。

第五节 药品包装设计

药品包装的内装物品是用于治疗病人，使病人恢复健康的商品，也是病人所期盼购买服用后能使身体恢复健康的灵丹妙药，病人希望通过外包装就

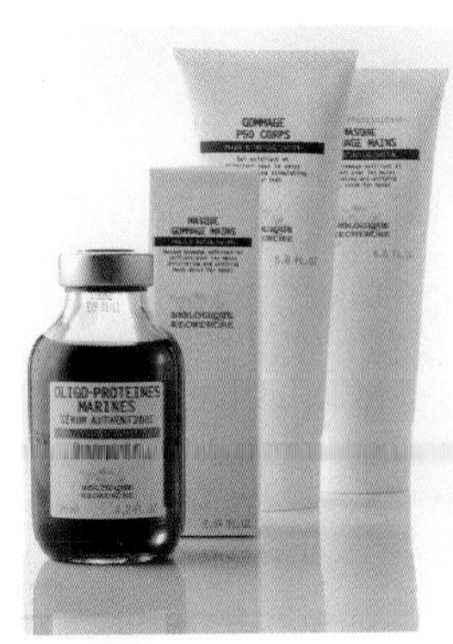
图32

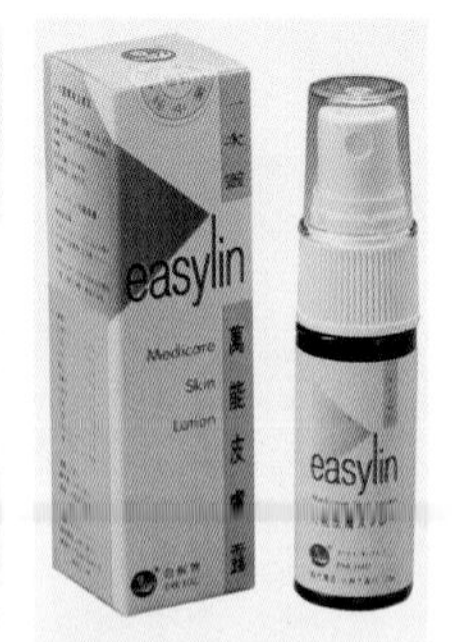

图33

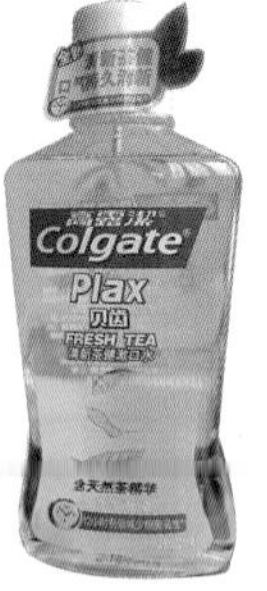

图34

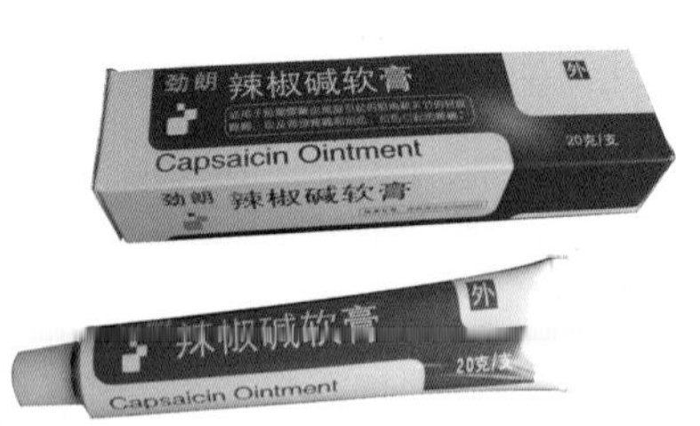

图35

图36

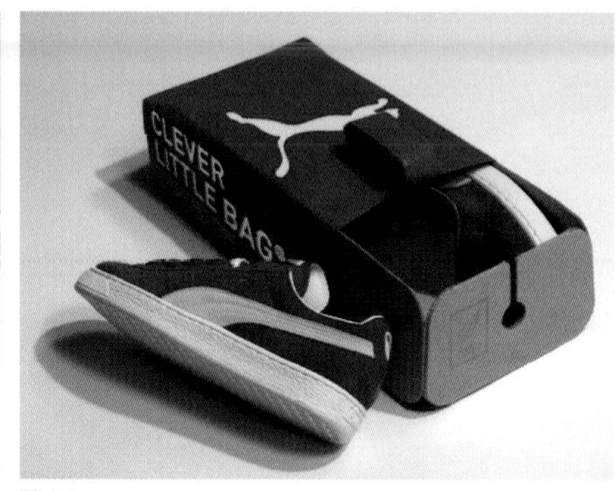

图37

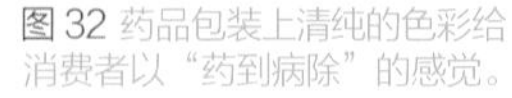

图 32 药品包装上清纯的色彩给消费者以“药到病除”的感觉。

图 33 暖色在画面上作为点缀色，给药品带来了温馨的感受。

图34 清新的健齿漱口液本身就是设计的主色调，加上一点对比色的点缀，更能带给消费者以健康、清爽的感觉。

图35 有些药品包装的设计理[illegible]定位的色彩，如：这件缓解疼痛类的药品包装，设计师采用药品名“辣椒”的形象性色彩作为包装的主色调，让病人从包装的色彩上就感觉到此药能对疼痛起到立竿见影的效果。

图 36 野餐用品的包装，注重画面的编排效果，整体之间的疏密关系，以及单件包装上的疏密与节奏之间的关系，所有的细节都在设计的考虑范围之中。

图37 抽拉式的设计体现了运动鞋的理念。

能窥见内装商品的威力。经常有些病人当看到针对他们病情的药品时，就感觉到病症已经恢复了一半。

因此，这类包装设计一般应该采用直截了当的方法，将商品内容、特性、功效及时地传递给消费者。在图形的处理上则大多采用较抽象的图形，并且要尽可能地简洁，表示科学化、现代化、疗效颇佳，给病人以信任感和良好的心理感受。

药品包装上文字的应用要特别把握信息度与准确性，文字设计的形象应给人以健康、踏实的感觉，给病人以良好的视觉形象。

在色彩的应用上大多采用给人舒适、安宁、冷静、清澈、美好想象的色彩系列（见图32），相对于其他商品的包装设计来说，药品包装设计较偏向于应用清凉的色调为主体色彩，暖色在画面上的分量较少，可作为点缀色（见图33-35）。

第六节 生活用品类包装设计

生活用品类的产品包装一般都是偏小型的，如家用小五金类、厨房用具（见图36）、鞋子（见图37）、服饰、化工产品等。一般来说，手工用具类的包装大多数采用的是吹塑压膜，或者可悬挂的包装。这些商品都比较贴近生活，因此，消费者喜欢直接看到具体的内盛物来感知产品的质量与功能。对于这类具体形象的产品，说服性的广告语一般不是最重要的。它很注意产品的品牌在包装上的构图，在设计的时候要注意品牌与产品之间的关系，不要让产品的形象遮挡住品牌的形象，也可以巧妙地把商品形象结合于包装的图形设计（见图38）。

在色彩与图形的处理上，要根据产品本身的色彩来进行研究配色，可采用对比色的方法来烘托出产品，也可采用明亮、抽象的图形或色块的处理，赋予比较沉闷的五金产品以温馨感。在产品包装形象上采用垂直悬挂的结构和构图不乏是一个很好的想法，这样可节约商场的货架空间（见图39）。

对于油漆和化工类的产品，由于它们都属于抽象的产品，因此在设计上可根据产品的性质，或者生产商的经营理念来考虑。通过抽象的图形，具体表现内盛物的色彩，或者使用该产品后的具体画面氛围让消费者感知产品，从而产生对该产品的信任感。

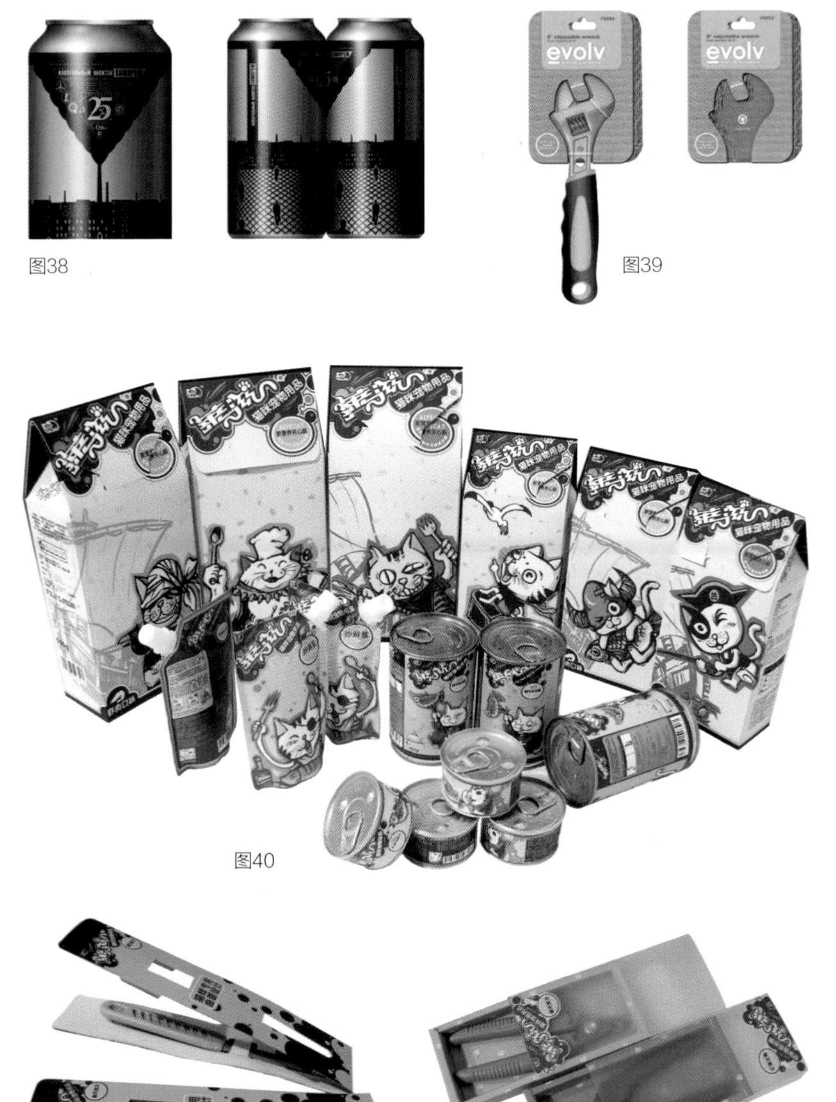

图38

图39

图40

图41

图42

图38 利用罐体形象，巧妙地将丝袜和内裤套装形象化地体现了出来，并不乏幽默感。

图39 在瓦楞纸上合理地开洞卡住工具，色彩的运用也非常符合瓦楞纸的色调。

图43

图44

思考与分析

1. 现代社会的总体文化，时代精神是影响包装设计作品的客观缘由，但在国际化的发展中设计的核心是如何对外来文化滋养的处理把握。作者喜欢猫，在与猫的做伴中发现了猫的一些习性，特别是当喂食的时候，猫会像海盗般地抢食。这促使作者认真阅读了一些有关西方海盗的故事。在“莱滋”猫咪宠物用品系列包装设计的整个过程中，把猫都作拟人化的处理，吸收了海盗的装饰，再创一个全新的“莱滋”风格的包装系列设计，惟妙惟肖地把猫咪的“可爱”和“馋嘴”结合在一起，使其符合了这套产品的设计理念：面向追求时尚、渴望轻松一下的青年群体的中档产品。

2. 系列化产品的画面定位是VI设计的精神定位，但纵观一些系列产品的设计基本上被理解为以一个画面为基础，然后只是做一些画面的放大缩小，或者压扁拉长，简单的理解了系列包装的设计理念，没有把各个产品的特性表现出来。图40在这点上把握得很好，根据包装各个内盛商品的特点，在VI设计的精神理念指导下，各具独自特点的包装，而每一个包装在图形设计与编排的处理都与猫咪、大海的动感联系在一起，在色彩的处理上也是相互有着你中有我、我中有你的关系，突破了那些被误认为系列包装只是大小、高低之分的设计（见图41-44）。

3. 包装的结构（见图41）不仅考虑到了利用纸张的折叠结构合理地卡住锉刀，并考虑可悬挂在商城的货架上展示。（见图42）这考虑了采用直线型、配以透明抽拉式的包装结构来直观地展示商品。

本课程作业

设计一组系列包装。

要求：设计出整套系列包装，遵循企业VI精神，统一中求变化的编排样式，以及统一的标志与装饰图形的组合应用。

附　录

包装设计范例

Coffee

THE NATURAL
CONFECTIONERY CO.
NO ARTIFICIAL COLOURS
NO ARTIFICIAL FLAVOURS
TASTY
AWESOMELY SOUR!
JELLY SQUIRMS

freedom
CORN FLAKES
freedom
freedom

BRAZILIAN STUFFED BELL PEPPER
VEGETABLES made DELICIOUS
VACUUM SEALED

CHINA QUEEN

Nº1 Ros
Nº1 Ros

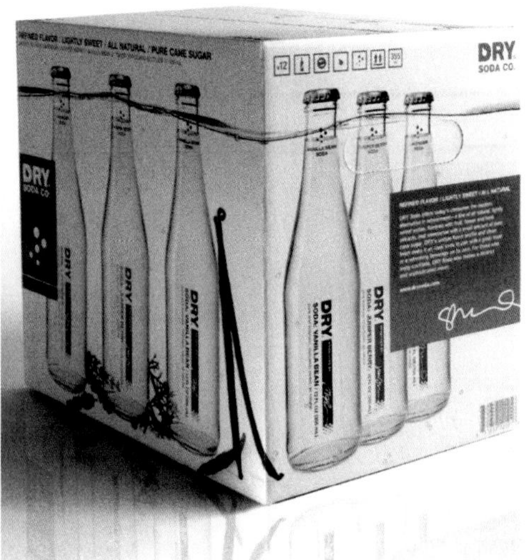
DRY
SODA CO.
REFINED FLAVOR | LIGHTLY SWEET | ALL NATURAL | PURE CANE SUGAR
DRY
SODA CO.
DRY
SODA VANILLA BEAN

ORANGES EST.
GROWN FRESH IN
ALACHUA COUNTY, FL
STRAWBERRIES
EST.
1972
GROWN FRESH IN
ALACHUA COUNTY, FL
LETTUCE
EST.
1972
GROWN FRESH IN
MARKET GROWN

Nº2 Lavendel
Nº2 Lavendel

freedom FOODS
free
from gluten
Rice Puffs
with psyllium
Gluten Free
Wheat Free
225g NET

マルサン
ごま風味
宮崎冷汁風
麦みそ仕立て
そうめんだれ
1人前
200g
調理例

ready to cook, just 20 minutes
Red Pepper Sauce
Salmon Fillet with Sauteed Vegetables

マルサン
ピリ辛
韓国冷麺風
さわやか米酢入り
そうめんだれ
1人前
200g
調理例

ときめきベジタ
ちんげん菜
静岡

HOT CUP
COLD SPOON

Silver Hills
Steady Eddie
600g
Silver Hills
The Big 16
615g
16
Silver Hills
Marvelous Multi
615g

SMITH PREMIER No. 10
"REMTICO"
PARAGON
NONFILLING
RIBBON
TO SAVE TIME IS TO LENGTHEN LIFE
STANDARD
TRADE
MARK
REMINGTON
TYPEWRITER
REMINGTON
TYPEWRITER
CO.
(INCORPORATED)
327 Broadway
NEW YORK
MADE IN U.S.A.
PURPLE COPYING

NOODLES
AHOY
Tasty
COCONUT
MILK
yum.
STICKY
RICE
500

生クリームと赤ワインの欧風ソース
とろとろ肉の
カレー
角切りビーフ
&しめじ
やわらか
お肉製法
中辛

S&B
生クリームとフォン・ド・ボーの欧風ソース
とろとろ肉の
カレー
やわらかビーフ
&エリンギ
やわらか
お肉製法
中辛

jovial
inherently good
fig fruit filled
organic cookies
Gluten Free, Flavor Full.
USDA
ORGANIC
product of Italy
NET WT. 7OZ. (200G) 6 – 1.2oz (33g) packs

生活
POINT LIFE
THANKS YOUR LOVE!
THE MOTHER DAY!

Quality Street

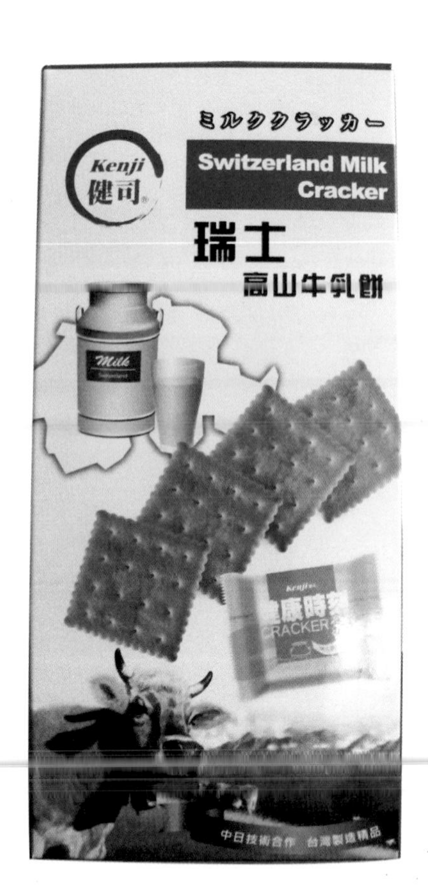
ミルククラッカー
Kenji
健司
Switzerland Milk Cracker
瑞士
高山牛乳餅
Milk
中日技術合作 台灣製造精品

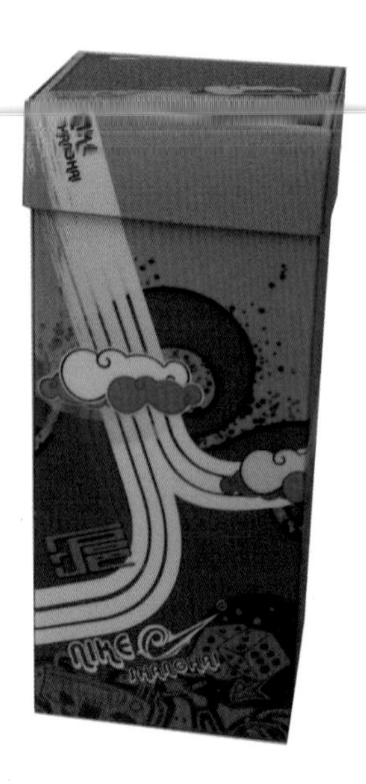

Ritter SPORT
Mini

EDIÇÃO COMEMORATIVA
1808
2008
Anos
Brasil

Bavaria
PREMIUM
200 Anos
da Cerveja no Brasil

Bavaria
PREMIUM
200 Anos
da Cerveja no Brasil

200 Anos
da Cerveja no Brasil
Bavaria
PREMIUM

131

BLACK
SHEEP

BLACK
SHEEP
CABERNET SAUVIGNON

GLENMORANGIE
HIGHLAND SINGLE MALT
SCOTCH WHISKY
The ORIGINAL

JUNIPER BERRY
SODA
VANILLA BEAN
SODA
DRY.
SODA: JUNIPER BERRY / 12 FL.OZ (355ml)
pine essence. crisp finish. all natural.
DRY.
SODA: VANILLA BEAN / 12 FL.OZ (355 mL)
pure and aromatic. delicately sweet. all natural.

Apostel
Bräu
Valentins
Weißbier
Premium
HEFEWEISSBIER
Apostel
Bräu
7,9%
extra strong
IMPORTED FROM GERMANY

Silver Hills
The King's Kamut
570g
Silver Hills
Squirrelly
600g
Silver Hills
Hemptation
570g
Silver Hills
The Big 16
615g
16

백설
날씬한식용유
로프리
Low free
기타식용유지/650㎖

Waitrose
MIXED BEAN SALAD
IN WATER
Waitrose
CELERY HEARTS
IN WATER
Waitrose
BUTTER BEANS
IN WATER
Waitrose
ARTICHOKE HEARTS
IN WATER

Waitrose
SPAGHETTI HOOPS
IN TOMATO SAUCE
Waitrose
LONG SPAGHETTI
IN TOMATO SAUCE
Waitrose
BAKED BEANS
IN TOMATO SAUCE

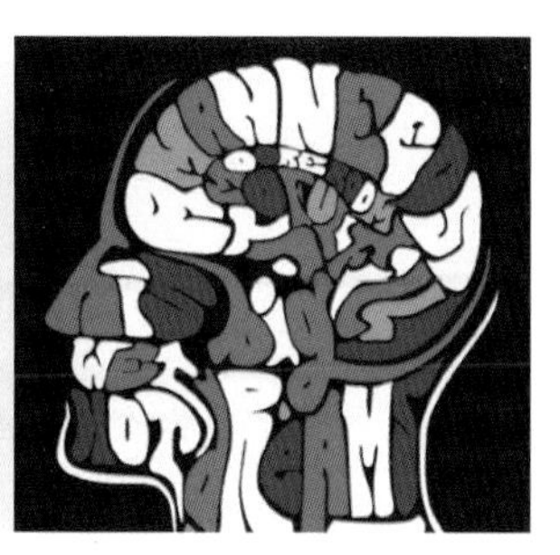

Schoko-
Fourrée
feinst gefüllt

plum
mango
& banana
plum
parsnip,
apple & pea
puree

plum
blueberry,
banana & vanilla
puree
Organic

INTO
THE
WILD

22
lip balm
cherry
lemonade
love &
love & toast

Carluccio's
LINGUE DI GATTO

25
gin & lime
love &
love & toast

STRAWBERRY
ICE CREAM
CHOCOLATE
ICE CREAM
STRAWBERRY
VANILLA
CHOCOLATE
ICE CREAM

SALSA ORGÁNICA FRESCA HECHA EN SANTA FE
FRUTA DEL DIABLO
FRESH
SALSA
HOT

CRABTREE & EVELYN
Rose Essence
Clay Deep Cleansing Mask

CRABTREE & EVELYN
Rose Essence
Gentle Skin Refining Exfoliant

GOOD THINGS
FACE THE DAY
MOISTURISER
superfruit extracts
GOJI BERRY & PAPAYA
FREE FROM

徐福記
凤梨酥
Pineapple Sandwich Cookie
皮酥馅柔
包馅酥
50%内馅

参考书目

《包装设计》	作者 / 金子修也	台湾艺风堂出版
《设计是源——包装设计》	作者 / ROBERT OPIE	CHANTWELL 出版社出版
《现代平面设计史》	作者 / RICHARD HOLLIS	世界艺术出版社
《什么是包装设计》	作者 / JOHN BERGER	瑞士 ROTOVISION SA 出版社出版
《世界 CD 包装设计》	作者 / 三芳伸吾	日本 SHINGO MIYOSHI 出版社出版
《纽约包装设计》	作者 / 八尾武郎	日本诚文堂新光社出版社
《包装设计》	作者 / 朱陈春田	日本锦冠出版社出版
《香港视觉传达设计》	作者 / FRANK C.M. TANG	MYER 出版有限公司出版
《分色及制版工艺原理》	作者 / 陈永常	化学工业出版社出版
《印前工艺》	作者 / 郝景江	印刷工业出版社出版
《印刷图文复制原理与工艺》	作者 / 刘全香	印刷工业出版社出版
《佐藤可士和的超整理术》	作者 / 佐藤可士和	江苏美术出版社出版
《gallery 全球最佳图形设计 02》	作者 / choi's	广西美术出版社
《最佳日本包装 6》		高色调国际出版公司
《gallery 全球最佳图形设计 03》	作者 / choi's gallery	广西美术出版社
《包装纸型设计》	作者 / [澳]爱德华·丹尼森 [英]理查德·考索雷	上海人民美术出版社

图书在版编目（CIP）数据

包装设计／朱国勤，吴飞飞编著.—3版.—上海：上海人民美术出版社，2012.01
中国高等院校艺术设计专业系列教材
ISBN 978-7-5322-7693-6

Ⅰ.①包… Ⅱ.①朱… ②吴… Ⅲ.①包装设计—高等学校—教材 Ⅳ.①TB482

中国版本图书馆CIP数据核字（2011）第250696号

中国高等院校艺术设计专业系列教材
包装设计（第三版）
编　　著：朱国勤　吴飞飞
责任编辑：孙　青
封面设计：赵　雯
技术编辑：李　卫
出版发行：上海人民美術出版社
（上海市长乐路672弄33号）
印　　刷：上海市印刷十厂有限公司
开　　本：787×1092　1/16　8.25印张
版　　次：2012年1月第1版
印　　次：2012年1月第1次印刷
印　　数：0001-3300
书　　号：ISBN 978-7-5322-7693-6
定　　价：39.80元